吳如明著

油菜花的春天

自序

民國九十九年底，我以〈為金門旅遊市場把脈〉一文刊登於金門日報言論廣場。將近四年來，我陸續發表在內心深處的「心情感悟篇」，這是我至情至性的心靈傾訴；及對家鄉關愛的「故鄉情懷篇」；還有對生活環境的「周遭環境關懷篇」。許多不同內容的文章，得以刊登在金門日報上，有些文章因稿擠而無法上報。因此，我以莊嚴怛惻的心情，用審慎謹密的思考，組合這三個單元，希望在人的良善本質與人性的自覺中，能創造人生最高境界，進而肯定人生新價值。當然，本書是我平時隨興之所至而成文章，雖不免發憤抒情，聊以自慰，卻恨有所未能盡之也。唯求不溺於固執，不沈於意氣，以一己之得，紓硜硜之愚爾！

再者，已過花甲年之後，在探索人生真諦之際，曾為古今哲人先知們的睿智所啟迪，於情脈悠悠處，憬然有悟，雖無奇彩異章，卻是我心靈深處痛切的感受。希望讀者能在篇章中，同感寓意無非是希望能「喻之以理，動之以情」，求其共鳴而已！唐詩人李商隱的無題詩云：「身無彩鳳雙飛翼，心有靈犀一點通。」在這個極力追求物質享受的科技社會裡，唯有靈犀一「點」，縱使關山萬里，百世以下，依然息息相通。這乃是人之所以為人，心之所以為靈的原因啊！

棲遲海嵎多年，每每在晨曦暮靄時分，沉思默念，深感這一生顛沛坎坷，不盡憂患。在晚年之際，偶得收穫之樂，又豈不忻然奮發！杜少陵詩云：「文章千古事，得失寸心知。」文學之創作，確實是千古事。

至於書名為什麼取「油菜花的春天」，是因為「油菜花」對土地的貢獻，它們的成長，最終是為了將燦爛的花海呈現給人們觀賞，之後再將自己的養分來供給農作物，使農作物因此得到養分，才能讓農作物豐盈，滿足百姓之需求。因此，每年春天將臨，「油菜花」會以自己的犧牲迎接春天的到來。職此之故，我也希望如同「油菜花」一樣，無私地奉獻自己的心力給自己的家鄉，期待著金門的春天（經濟發展與百姓的安居樂業）能滿足這個命運多舛的島民子孫。

吳如明序於金門向陽吉第

目次

CONTENTS

故鄉情懷篇

周遭環境關懷篇

心情感悟篇

寄相思

江水暖、花爭豔、滿懷相思寄春燕
寄春燕、恨多情、誰忍愁腸伴惆悵
蟬聲起、綠蔥籠、長日漫漫情意濃
情意濃、將苦短、人如黃昏歲月殘
楓葉紅、月如鏡、空庭落葉綠催黃
綠催黃、秋多愁、誰讓多情浪天涯
冷風寒、萬物藏、欲展心事問斜陽
斜陽盡、寒月夜、孤燈獨向無邊月

將滿懷相思託春燕寄給伊人，描寫苦相思，情多愁，歲月催，心事無處寄。

原載金門日報副刊

歌四季

春山淡淡冶如笑　煙雲連綿欣欣然
江水悠悠情切切　綠野春曉花爭豔
夏山蒼蒼翠如滴　嘉木濃蔭坦坦然
湖水青青比天藍　湖畔蔥籠樹招風
秋山明明淨如妝　明淨零落肅肅然
河水盈盈心茫茫　千里明月照落葉
冬山慘慘澹如睡　昏沈霾翳寂寂然
海水茫茫思美娟　萬籟蕭蕭花似雪

藉四季之更替，大地萬象之變化，牽動內心之思念，嘆歲月之悠悠，悲相見之恨晚，悟今生成追憶。

原載金門日報副刊

黃昏戀曲

柔情深深無處寄　愴然縈迴孤燈下，
情脈淚痕處處藏　夜半魂銷竟夢殘；
誰讓相思入心頭　誰飲苦酒入柔腸，
四顧踟躕空對月　寂寞黯然日夜長；
沉魚落雁雁不悔　閉月羞花花不語，
落花無意為君婦　流水有情情未了；
悠悠生命似江河　流入大海有時盡，
日日歲月如夕陽　風吹殘燭無終期；
緣之所寄寄無緣　情之所鍾鍾無情，

不悔多情空遺恨　只恐抱憾匆匆過；
為伊消瘦人憔悴　作繭自縛終遙遙，
情意脈脈水悠悠　今生纏綿在夢中；
昨夜夜半入夢來　欲留不許無奈何，
明日清風追海韻　依舊明月照松濤。

生命如黃昏殘月，卻情衷伊人之風韻，自作繭囿愁腸一場空，多情總留遺憾無奈何。明日清風依舊，夕陽餘暉依然璀璨，相思如夢成空，多情將如黃昏易逝。

原載金門日報副刊

人與友誼

「在家靠父母，出外靠朋友，處世靠人情。」在充滿人情味的中國社會裡，這句話確實很有道理，也很貼切。生活在世上的每一個人，任誰都無法獨善其身，無法孤獨走完一生。古人說：「獨居而無友，則孤陋而寡聞」。人無耳目，何談其他？尤其是在艱困為難的一刻，就不免記起老朋友了。在詩經上小雅伐木篇中，古人曾經如此歌唱：「嚶其鳴矣，求其友聲。相彼鳥矣，猶求友聲；矧伊人矣，不求友生？」由此可見一隻小鳥尚知以聲尋伴，萬物之靈的人，又何獨不然？

在人生的過程中，就社會觀點而言，當一個人生活在父母子女之間的血緣關係所構成的小圈圈時，這一切都靠血統關係來維持彼此之發展聯繫。而一旦進入了社會，每一個人都需要生活在以朋友結合而成的社會關係中之際，那就需要以情感來維繫了。朋友之間，由「物以類聚」開始，到「合則留，不合則去」為終止。無法勉強去留，此緣於情感之酵素所發生之作用。而在儒家哲學裡，朋友雖然列在五倫之末，此非輕視朋友之意，而是說明朋友是沒先決條件的一倫，是最自由最平等最廣泛的一倫。不是功利的結合，也不是以利害關係的交往的，每一個人都需要朋友的安慰、鼓勵、關懷來撫慰孤單、寂寞與失意的心靈，職此之故，人無論如何是不能沒有朋友的。書經上所謂：「人惟求舊」者，也就是急難思良友，境遇愈困苦，思友更為心切，友誼也會更可貴，這是人之常情。難怪白樂天謫貶江州之際與遠在通州的元微之，迢迢千里，款款敘情：「平生故人，去我萬里，𣈶然塵念，此際暫生。微之！微之！此夕此心，君知之乎？」足見惟有真摯的友誼，才可以安慰故人的哀怨和寂寞。

敘利亞大詩人卡尼爾・紀伯倫在〈船的來臨及其他〉中唱：「你的朋友是你的有回應的需求。他是你對愛播種，用感謝收穫的田地。也是你的火爐。因為你飢渴地奔向他，你從他尋求平安。」

所以「人生得一知己，可以無憾矣！」這句話道盡結交朋友對每一個人的重要性，尤其能找到知心體己的朋友，此生無遺憾了。然而在夜深人靜時分，捫心自問，「相識滿天下，知己有幾人？」前者為虛，後者為實，此乃實言也。不然伯牙子期，廉頗相如，管仲鮑叔，不會成為歷史上之美談了。「同聲相應同氣相友」，這是朋友之間應該都會如此吧。

然而，處在這個重視物慾享受的花花世界，不是每一個人都可以做朋友的，蘇東坡曾經很感慨的說：「人之難知也，江海不足以喻其深，山谷不足以配其險，浮雲不足以比其變。」可見人性之深、之險、之變，其實是每一個人的本性啊。所以交朋友不是簡單的，是非常複雜的，需要用心去選擇的，是要很謹慎的。在論語裡，孔夫子告誡他的學生說：「益者三友，友直、友諒、友多聞，益矣！損者三友，友便辟、友善柔、友便佞，損矣！」他老人家把朋友區分為兩大類，六小目，說明瞭人性變化的兩個大方向。換言之，好的朋友可使你的人生充滿幸福與快樂，因為好的朋友讓我們享受友誼的甘露，讓心靈彼此交輝。就如佛教裡將善友分為兩種，「有友如地、有友如山。」如大地的朋友，可以普載我們，如山的朋友，可以讓我們倚靠。善友會包容我們的不足，原諒我們的莽撞，寬恕我們的粗心大意。我們要珍惜朋友這種珍貴的布施，在成長的道路上施與我們無畏。但如果你交到壞的朋友，將讓你身敗名裂，輕者傷財、重者傷命，一生痛苦與悔恨，所以你怎能不慎選好的朋友呢？

歷史上最能體現友情的可貴者莫過於舊唐書上柳宗元傳：「元和十年，例移為柳州刺史。時郎州司馬劉禹錫，得播州刺史。制書下，宗元謂所親曰：『禹錫有母年高，今為郡蠻方，西南絕域，往復萬里，如何與母偕行？如母子異方，便為永訣。吾與禹錫為執友，胡忍見其若是？』即草章，奏請以柳州禹錫，自往播州。」柳宗元這種為了朋友以「生」易「死」的情誼和勇氣，雖「刎頸」與「知己」，也不足於形容其情誼於萬一也。他的情操已經進入了「仁」和「義」的境界了，也是人性變化到至善至美之境的表現了。

再回頭端視資訊發達進步的今天，人性已受現實社會蒙蔽，只求效率與功利，而輕視人情。柳宗元這種情操已不復見矣。但人性的光輝，若因近功好利而使其長久虛空，將足以扼殺善良的人性。人與人之間，必須相交往。朋友之道者，要如易經上的：「上交不諂，下交不瀆。」能求諸己，能求諸誠，正如卡尼爾・紀伯倫所說：「當你的朋友向你傾吐胸臆的時候，你不要怕說心中的否，也不要住瞞住你心中的可。當他沉默的時候，你的心仍要傾聽他的心。因為在友誼裡，不用言語，一切的思想，一切的希望，都在無聲的喜樂中發生共享了。」

戰國時代有左伯桃與羊角哀兩個人相識，兩個人一起到楚國求事，途中遇到大雪，兩人都穿得非常單薄，帶的糧食也不夠兩人吃的。左伯桃為了成全朋友就對羊角哀說：「我的學問不及你，還是你一人去吧。」然後把衣服和糧食全部交給羊角哀，自己則躲進樹洞中最後凍死。羊角哀在楚國得官後，回到那棵柳樹下劈開樹幹，重新禮葬了左伯桃。這種超乎友誼的情感，是以生易死的情操，比之於柳宗元與劉禹錫的友情，更是感人肺腑，令人動容。

人是感情的動物，也是理性的人。朋友之間的情感也是理智的，也是無限性的，它可以彌補父子兄弟夫妻間的有限性，且包含了這三倫的相互結構。在世俗上不是說君子之交淡如水嗎，意為君子志同道合，不求私利，他們的交情看起來像水一樣淡。其淡就是形容道義之交的朋友彼此間在內心的「誠」。誠之所至，金石為開，唯有相處以誠，才能找到真心的朋友，這份友誼才能長久。

李白在失意之際，還有杜甫在安慰著他，同情著他，彼此心靈有著不盡的光輝。「得一知己，可以無憾矣！」人世間到底還是有溫馨的友情呢。

原載金門日報副刊

人與感情

在這個蒼蒼莽莽的大地，各種存在的生物，對於天邊的一抹艷麗的夕陽殘照，應該只有萬物之靈的「人」，才會在瞬息萬變的奇景之中，有許多不同的感受，其他的動物對於每天都會出現的晚霞，根本沒有感覺這個萬紫千紅的璀璨。或許；這就是人之異於禽獸吧。

人是感情的動物，其情懷大至天地萬物，小至對師長、對父母、對手足、對朋友、對不認識的人，在複雜的人際關係之中，付出不同的情愫與感動，包括親情、友情、愛情、尊敬之情、仰慕之情等等情懷。這些情愫與感動豐富了每一個人的一生，使我們的一生因感情的付出而有了甜、酸、苦、樂多姿多采的美麗人生。

人的感情像一支瀲灩芳馥的潺潺細流，在每一個人內心深處，在錯綜複雜的人際關係之中，不停激蕩，幾經縈迴，不斷掙扎，也要不斷的忍受痛苦的煎熬與磨練。緣之所寄，情之所鍾，有多少人最終能得到甜蜜正果的？在芸芸眾生，人人皆寧願桎梏自己於狹窄的感情圈內，縱使情願身陷於感情的羅網，乃至於無法自拔也在所不惜！人確實是萬物之靈，確實是感情的動物。

人的一生，任誰都無法跳脫感情的束縛和支配，縱使最冷酷無情的人，有時也會被感情所困囿。當年，亞歷山大大帝遠征東方各國，勢如破竹，不可一世。在征服了波斯之後，其軍威赫赫，雄姿煥發，驕謾自滿。可是，當他揮軍印度時，兵臨印度沃野，無邊無際，四顧茫茫。他愴然有所失，不覺潸然落淚。兒女當然情長，英雄怎能氣短？他是否感嘆在心靈深度的空虛、寂寞，在生命的漂泊、無依，身處渺無垠際的異鄉裡，在午夜夢迴之際，相信任何人都會潸然淚下，何況是大英雄，又怎能不被感情所困囿?!

當年在曹雪芹筆下的紅樓夢的大觀園裡，樓臺亭閣，崢嶸軒峻，林木山石，蔥蔚煙潤，人來人往，車水馬龍，好一個蓬勃欣欣然的氣象！可曾幾何時，原來是「姹紫嫣紅開遍，都付與斷井頹垣」。多少沉迷在淒艷柔情而多愁善感的主角，終於在紅顏春盡，空庭落葉，漸悟玄機，寂然遠行，向那雲霧飄渺處求歸元還真去矣。無怪乎有人感嘆：「當為情死，不為情怨。明乎情者，原可死而不可怨也。雖然既云情矣，此身為情有，又何忍死耶！然不死終不透徹耳。」曹雪芹藉紅樓夢的感情演譯，花落花開，潮起潮落，人來人往，軒峻頹垣，紅顏落葉，這刻苦銘心的感情，牽動多少多情的少男少女的心啊！

天下有情之人自然惆悵與苦痛，無情之人卻也無法擺脫乾淨。看是無情卻有情，世人多無法逃避感情的控制，卻也不必逃避。因為這就是人間，人間有情，才有至情至性而美麗的人世間啊！若人間無情，人世間哪有美麗的詩篇呢？

大詩人陳子昂詩云：「前不見古人，後不見來者；念天地之悠悠，獨愴然而涕下。」宇宙蒼茫，大地莽莽，青山依舊，綠水恆流，而人生之短暫，生命的有限，前古之人已逝，之後亦見不著來者。感天地的悠長，嘆人生之剎那，心靈深處仍有不盡的淒迷與蒼涼啊！這如同大詩人李白，在酒醉之餘，高唱：「古人今人若流水。」詩人多愁善感，感嘆生命之短暫，歲月之無情，但詩人卻在字裏行間表達對大地萬物的眷戀，對人生生命的感動，累積了內心豐富的感情。這濃郁的感情詩篇，感動後人千萬年！

固然，「自古多情空餘恨」但人不能無情，對於宇宙人生尤其不能無情。所以瞻仰高山，則情滿於山；俯瞰蒼海，則意溢於海。儘管多愁善感的人們，皆喟然嗟嘆：「百歲光陰一蝶夢」，然而未有不以感情來蠡測人生一切的。人確實是感情的動物。人是感情的動物，而真誠情感是難能可貴的。如陸游前妻唐氏：（釵頭鳳）

世情薄，人情惡。雨送黃昏花易落。
曉風乾，淚痕殘。欲箋心事，獨倚斜闌。
難！難！難！
人成各，今非昨。病魂常似秋千索。
角聲寒，夜闌珊。怕人尋問，咽淚妝歡。
瞞！瞞！瞞！

這一詞的每一個字都沈浸在濃郁的深情之中，作者的幽怨溢於字裏行間，真是字字血淚，句句真情啊。詩人將內心的情感化為文字，其真誠的感情讓後人動容。劉勰在文心雕龍裡說：「人稟七情，感物斯感；感物吟志，莫非自然。」人類感情的激動，不做作，不嬌柔，是十分自然的現象，也是出自每一個人的本能行為。這就是人。

既然人稟七情，感懷天地之悠悠，而不必再愴然涕下了。識得江流千古之意，人間處處有真情啊。

原載金門日報副刊

人與幸福

朋友都欣羨金門人的幸福，幸福應該猶如車之兩輪，鳥之兩翼，平衡發展在精神上與物質上的滿足，才能得到真正幸福。在這龐大複雜的社群生活裡，芸芸眾生，熙熙攘攘，只以功利名祿的成就，是為幸福者哉。

金門之所以幸福，其年長者與軍公教者居多，前者因金酒福利足以使其生活無後顧之憂，後者無工作壓力，且又有外島加給，在物質上的滿足，若與台灣地區居民相比，金門人是幸福的。

現今人類在物質上獲得了大量滿足，而過度重視物質上的享受，卻在精神上陷入停滯的迷惘，使人們在心靈深處讓物慾恣意翱翔於方寸之間了？使得人類原本虛靈動澈的心靈，也將失去了璀璨的光輝，精神價值亦將日益貶落，進而，陷入痛苦深淵，無法自拔。所以莊子在養生主裡一開始就說：「以有涯追無涯，殆矣！」如果一個人的一生，只知道以他有限的生命之力，去追求無限的慾望，而又迷途不返，最終將是悲劇啊。

宋明理學家認為：「聖人無慾、君子寡欲、眾人多慾。」一般凡夫俗子、販夫走卒之類的眾人，窮畢生之力，勞碌一生，昏昏昧昧沈浮於慾海之中，乃是自然現象。但若只是一味追求物慾的享受，而忽略心靈深處最真切且可貴的靈明之心，其存在唯僅物質之享受矣。

人們無法自狹窄的人慾桎梏中超脫，因無法了解在人慾之下只不過是無限的虛空和痛苦。莊子對於充滿人慾的人生，也有諸多嘆息，他說：「富者苦身疾作多，積財而不得盡用，其為形也外矣！」曹雪芹把人看成悲劇的演員，而人世間是一個演出悲劇的舞台。他說人生為人慾所制，在人慾的羈縛之下，好事多磨，樂極生悲，到頭來萬境歸空。俟臨終反本之時，唯有嘆息：「無材可去補蒼天，枉入紅塵若許年！」

在人世間，每一個人都是悄悄地來，又是悄悄地去。來去匆匆，依然故我。走時所擁有的榮華富貴任誰都帶不走。縱使達官貴人，生活奢靡者！

芸芸眾生，每一個人對幸福的理解、要求、期望有所不同。而人的本性是要有的，人畢竟是仁義禮智根於心的人，在人生過程中，困於心，慮於思的內心精神生活。人類憑藉具有靈性的本性，給人世間帶來人性的光輝與真理，這一縷光輝與真理已延續數千年，且將世世代代一脈相承。

在現今人類心靈遭受空前的變動，人們陷入物慾享受的迷惘之中。追求精神上的豐盈與心靈自由之樂的人，在無限空虛和極端苦痛之體悟之後，頓生懺悔之情，而求其盡心知性，超越人慾，由這一點點欣欣向榮的智慧，涓涓之流的真情，就如一朵千瓣的白蓮花，在澄清的水池裡，自己在一瓣一瓣的舒展著，開放著。既使在汙穢的濁潭裡，亦復如是。不會永遠在迷惘之中，也不會甘願以無限的物慾，毀滅自己靈明的人性的。人到此境，猶之如一泓清澈透底的流水，磅礴情瑩，一片生機。朱熹詩所謂：「問渠那得清如許？為有源頭活水來！」

原載金門日報副刊

人生之智慧

人生，人生是什麼？人的一生是由一小串一小串的「希望」所串接起來的。這一小串的「希望」你想要有怎樣的顏色，全由你自己去著色的，你自己才能決定你想過怎樣的生活，想要有什麼樣的人生，這是外人無法所左右也。

智慧，智慧是什麼？「智」有窮幽之鑑，「慧」有應會之用。智慧是從人的良善本質和人性應有之自覺中，創造人生最高境界，這境界可達孔老夫子的「吾道一以貫之。」曾子解釋為「忠恕而已。」真是一言之微，千古如新。所謂忠恕之道者，其實就是仁道，是具有大智大慧者實踐力行的真功夫。何謂忠？盡已之心以待人；何謂恕？推已之心以及人也。

在這蒼蒼莽莽的大宇宙裡，每一個存在的生物，都有其存在的意義與價值。而一個「人」的存在因素是多元的，因此，「人」的存在價值系統也是多元的。「人」的存在，不僅僅存在於外在的現實環境，也存在於內心的抽象情感。既有具體的形象，也有各種不同的思維，兩者都必須俱全，且人各有不同。而「人」要存在怎樣的價值或意義，完全來自你對生命的認知，了解「人」的本質，以及如何去開拓心靈；進而，觸及人心、道心，以啟樂天知命，感悟生與死之輪道，在由平淡到永恆，歌頌生命的情調矣。

「人」的本質，它涵蓋的是世上的每一個人都具有理性的、情感的、慾望的，這是每一個人原有的、與生俱來的本性。而每一個人必須要將自己的心靈去開拓，開拓心靈首先要有自覺的能力，才能鑄造每一個人的人格特質，若僅向外求知，不足於凸顯一個人的特質，唯有向內自覺，才能促使每一個人進而建構人生存在的價值，有了這個自覺才能開拓原本懵懂的心靈，以期達到人生新境界。換言之，一個人的智慧，除了與生俱來的本性（理性的、情感的、慾望的），後天必須要有自覺的抒發善良的人性，開拓靈明之心，參悟生命之莊嚴和諧，寄人生於至善之美，契合天地萬物於一體之仁心，則大智油然生，大慧峨然出，人生之智慧備矣！有了豐富的人生之智慧，才能使你的人生就猶之如徬徨菰蒲深處，忽聞人間笑語；徘徊於荒山絕谷，突與前山相通，豁然開朗，頓覺宇宙光明磊落，萬物晶瑩無瑕；人世間充滿喜悅，也開拓了人生最美麗的至善之境。是故，智有窮幽之鑑，慧有應會之用。

人是理性的動物，否則一切思想與語言皆無從衍生。理性若是與生俱來，則以它來論斷人性，未免失之過於寬泛。宋理學家周濂溪對於生物進化有個一貫的觀念：「生仁也，成養也。」人類的生命由生而養而成，是依賴「仁」和「義」才緩緩向前進步的。「仁」是宇宙天地之情，「義」是宇宙天地之理，生於情而成於理。因此，人類的思維也就跟隨著由情而理以達成已成人，敢於對天地萬物負責，樂於成全天地萬物之美。這是人類歷經千年崎嶇艱險的進化之後，對人生生命作深切且久遠的反省與自覺，最終所獲得的理性。故，人的理性是來自於感情最真誠最深層處的。

人也是感情的動物，所謂「人非草木，孰能無情。」人的一生，往往為自己的情感所困囿，這情感來自於內心對世上任何牽掛的生物（包括人、動物、植物、礦物等。）所產生之情意感受，或引發惻隱之念，或「此情可待成追憶，只是當時已惘然」或「當為情死，不當為情怨。明乎情者，原可死而不可怨也。雖然既云情矣，此身為情有，又何忍死耶！然不死終不透徹耳。」或「問世間情為何物，直教人生死相許。」或「瞻仰高山，則情滿於山；俯瞰滄海，則意溢於海。」或如諸葛亮之「鞠躬盡瘁，死而後己。」與范仲淹的「先天下之憂而憂，後天下之樂而樂。」的偉大至情至性的情感；白居易在仕途坎坷，落拓潯陽江頭之際，在楓葉荻花相映，瑟瑟秋深的月明之夜，聽罷江畔琵琶一曲，船影幪幪，悄然無聲，不禁舉頭四望，只見江心秋月茫茫，盡是冷落蒼涼。他喟然而嘆：「同是天涯倫落人，相逢何必曾相識。」情動於衷，百感叢生，這是至情之嘆。是故；緣之所寄，情之所鍾，終不免塌陷於感情的羅網，乃至於無法自拔也在所不惜。君不見自古以來，在世間所有人生的故事的各種情節，莫不是圍繞在一個「情感的死結」作錯綜複雜的演繹發展，縱使在演繹發展過程之中，每一個人都需要歷經痛苦的折磨，再加上諸多的憂患；可是，正因為人的生命裡有了豐盈充沛的情感，才能讓人世間充滿歡樂與多彩多姿的生活，生命的存在益顯珍貴偉大和宇宙的莊嚴。

與生俱來的本性，除了理性的、情感的，還有的是人的慾望，人生而有欲，有人生就有人欲。人欲是與人生俱來的。宋明理學家認為：「聖人無欲，君子寡欲，眾人多欲。」因而要眾人「去欲」是不可能的。聖人是人之極則，是人倫之至，當然可以無欲。正人君子也只能做到寡欲。至於一般凡夫俗子、販夫走卒、平民百姓，昏昏昧昧的沉浮於欲海之中，這是必然的現象啊。樂記上說：「人生而靜，天之性也。感物而動，性之欲也。物之感人無窮，人之逐欲無節，則天理滅矣。」人之性感於物而動，產生欲望這是正常的。如果感之無窮，而又逐之無節，天理必至於滅亡的地步，何況人欲是漫無止盡的呢？人的精神與物質在人的生活裡是需要平衡發展的，猶之如車之兩輪，鳥之兩翼，不可或缺。若僅僅在物慾上獲得極度滿足，而在精神上卻不見舒暢，無法獲得心靈上的充裕與滿足，將會如花之鮮豔於剎那，而人欲亦將充塞人的一生，隨之而來的將被痛苦所籠罩的。如果一個人的一生，只知道以他有限的生命之力對無限的欲求做無止盡的追逐，且又迷途不返，這無異只承認自己僅僅是一個物質而已。若如此，則人類原本虛靈洞澈的心靈也將失去了璀璨的光輝，精神價值也將日益低落，甚而陷入痛苦的深淵而無法自拔。故而，莊子在養生主裡一開始就說：「以有涯追無涯，殆矣。」

一個人的智慧，除了以上所述之與生俱來的本性之外，後天必須要有自覺的心，以抒發善良的人性，再行開拓靈明之心，才能參悟生命存在的意義，進而創造生命的永恆。人生其實彷彿如一條永無止境的滔滔巨流，默默地，在飄渺無際的霧靄裡，奔向不可知的未來，間或廣闊的平原，或崎嶇山谷，雖欲止而不可止，間或歡欲、或坎坷。所幸人生最真切可貴之處，在於每個人都存有一顆靈明之心，對宇宙人生，有至美至善的嚮往。才能使你的人生充滿一片喜悅，也才能拓開人生最美麗的智慧。既然，每個人都存有一顆靈明之心，且這靈明之心皆出自人之本性，換言之，人人皆有仁人之心，有了這個仁人之心，才能去體會天地萬物，契合宇宙，則物與我必然由相感、相通而至相忘，終於物我無間，情理交融了。一個人若能以樸素真執的仁心，一但轉化成生活的實踐之際，大智慧將由此產生。有此體認，必可在人生道路上，克服一切困厄，超越一切險阻，毅然截斷重流，壁立千仞而卓然人間，人生之智慧亦將豐富你的生命，肯定你存在的意義與價值。

淺談人際關係

坊間多在說，做好人際關係是生活在這個弱肉強食的叢林之競爭的社會，所必須具備的生存條件之一。因為；沒有一個人，能夠獨自生活在這個群居的社會！筆者曾在兩岸三地的大學中演講有關於「人際關係的重要」之相關內容已有數十場了，深深體悟現在的大學教育比較重視學知識的傳承，對於「如何建立人際關係」相關課程反而較少，莘莘學子除了吸收學知識，其實，更重要的是應該傳授學子們如何培養及建立「人際關係」才是生存之道！因此，僅將個人之人生經歷與所知之「人際關係」相關知識與讀者分享，希望對於學子能有些許助益。足矣。

人際：就是人與人之間的交往、交際、互動、往來與相處關係。

人際關係顧名思義，就是人與人之間所發生的關係。也是人們在共同活動中，彼此為尋求各種需要而建立起來的相互間的心理關係。

也有學者幫人際關係下定義說：人是社會動物，每個個體均有其獨特之思想、背景、態度、個性、行為模式及價值觀，然而人際關係對每個人的情緒、生活、工作有很大的影響，甚至對組織氣氛、組織溝通、組織運作、組織效率及個人與組織之關係均有極大的影響。所以人際關係可說是人與人之間，在一段過程中，彼此藉由思想、感情、行為所表現的吸引、排拒、合作、競爭、領導、服從等互動之關係，廣義的說亦包含文化制度模式與社會關係。

在臺灣坊間流行一句話：「會讀書不如會做事，會做事不如會做人。」所謂「會做人」，就是指會做好人際關係。有許多客觀的研究證實，有好的人際關係，不論從事什麼行業，成功率都可達百分之八十五以上；獲得個人的幸福的機率，則可達百分之九十九（王松柏，民國八十二年）。卡內基工業大學曾對一萬個個案進行分析，結果發現「智慧」、「專門技術」和「經驗」，只佔成功因素的百分之十五，其餘百分之八十五決定於「良好的人際關係」；根據哈佛大學就業指導小組調查結果顯示，在數千名被解雇的男女中，人際關係不好的人比不稱職的人高出兩倍。又在其他的研究中得到另一個結論，在每年調動工作人員中，因人際關係不好而無法施展其所長者，更佔百分之九十以上。再者，因為無法與他人好好相處，而導致在工作上的失敗，其比例竟然高達百分之八十。從以上各種不同的研究調查的資料當中，吾人當知「人際關係」在這個社會是多麼的重要啊！莘莘學子們，你們怎能不好好學習呢？

既然，「人際關係」是如此的重要，年輕學子又該如何去培養並建立良好的「人際關係」呢？要做好人際關係的第一個因素，就是要有正向的自我概念：一個有正向概念的人，覺得自己是夠好的、是會成功的、受人歡迎的，因此表現出來的，就是自信、包容、積極、樂觀、愉快、樂於親近別人。當然，任誰都想沾上一份愉悅的氣息，與它接近與交往。因此，自己對自己的看法實在是影響人際關係的第一個重要因素。再者，要建立人際關係首要關鍵是要有一顆健全的心，這一顆健全的心須具備有誠心、關心、用心、同理心、熱心、貼／細心與愛心。有了一顆健全的心，對方才會真正感覺你是真心的，才會與你交心，進而建立起彼此良好的人際關係。

如果你擔心人際關係不知如何去培養並建立，那麼在學校就要積極去參加一些社團活動（任何社團），參加社團目的最主要是讓你去學習如何與他人互動；或者社會上一些服務團體，你自然可以認識很多不一樣的人，可以多交一些不同領域的人，自然就會了解不同領域的事物，現在或未來企業找人除了考量星座之外，最重要的是在大學時代，是否有參加過社團（如果是曾擔任過社團幹部最佳），因為，企業是一個大家庭，企業是靠整體的力量在作戰的，所以，它必須尋找懂得如何與他人互動的人才，才能在企業裡建立良好的人際關係，也才能在企業發揮個人所長，讓企業之業績長紅，共創雙贏。當然；在這個弱肉強食的社會裡最重要的是：必須慎選你的朋友，因為，有人將人際關係當作是一種工具，以其用來換取更多的利益或更高的成就，它披著「美麗」的外衣，卻包藏著醜陋的意圖。這種將人際關係「物化」，而求取功名利祿的人，比比皆是；而懂得追求「人性化」的人際關係，從中體驗身為人的價值與尊嚴，進而尋找到生命的意義，以求得更真、更善、更美的人際關係之新境界。

總之：要懂得如何培養並建立良好的人際關係，從現在開始先建立自己的自信心，再慢慢伸出雙手和你關愛的眼神，從你的周遭的室友、同伴、老師、朋友慢慢伸展你的生活圈，以真誠、尊重與同理心去對待每一個人，終有一天你會是個八面玲瓏的受歡迎者。

最後，筆者以耳順之年，累積了一個人若要有成功的人際關係，就必須具備以下十個法則：

（一）不批評、不責備、不抱怨
（二）給予真誠的讚賞與感謝
（三）引發他人心中的渴望
（四）真誠地關心他人
（五）經常微笑
（六）記得別人的名字
（七）聆聽。鼓勵他人多講自己的事
（八）談論他人感興趣的話題
（九）衷心讓他人覺得自己很重要
（十）影響力，始終來自感恩與寬恕的心

在家靠父母，出外靠朋友，處世靠人情，做人靠關係，正反應了我們的社會講人脈、靠背景的現實狀況。是故有人說：有關係就拉關係，沒關係就找關係，找關係就送東西。易言之，總結人際關係對自我之重要性有：

（一）人際關係是人之基本社會需求。
（二）人際關係可幫助一個人的自我瞭解。
（三）人際關係可達到自我實踐與肯定。
（四）人際關係可用以自我檢定社會心理是否健康。

夢與人生

千古以還，只要是有構思能力的任何一個人，自聖賢豪傑到販夫走卒，從上流階層以迄市井小民，在匆匆的一生之中，當夜幕垂落，昏然入睡之後，腦海裡的思緒跳脫傳統束縛的羈絆，在睡眠中以稀奇古怪又荒誕的情節，為所欲為，不曾受道德所困囿，並恣意讓心靈思緒偷偷潛入意識界中大肆活動而成為「夢」。

每一個人的夢境裡，每天都在上演不同的戲碼，戲中的辛、酸、苦、澀、悲、喜、哀、樂，都由自己承受，亦可以恨其所恨，愛其所愛，自由自在，無所拘束，一幕幕的場景，僅演給自己觀賞，不足於外人道。是陰暗的、是隱密的、是孤獨的、是剎那的、是不用事先彩排的、是最自然的在演繹人生之縮影。

人的一生彷彿是一條永無止境的滔滔巨流，在縹緲無際的霧靄裡，每一個人都要默默地流向不可知的未來，有林藪莽莽的平原，有山石峋嶙的幽壑，有著瑰麗的奇景，也有著莫測的幻象。間或徬徨於菰蒲深處，或徘徊在荒山絕谷，或飄盪在波瀾洶湧澎湃的海洋裡。人類面對這淵淵其深、浩浩其大的宇宙，對於未來又如神祕難測的一片虛無，多少人感嘆人生如長空飛鴻，水面清風，剎那間了無蹤影。人生若夢啊！

先秦哲人莊周感概人生不過是百歲光陰一蝶夢，何況凡人，四顧茫茫，徘徊歧途，多少惆悵，多少迷惘。芸芸眾生，在這崎嶇的人生道路上，有如長空雲氣流行，無有止極。有如大海魚龍變化，無有間隔。多少人無法體悟生命的存在價值，在這蒼莽磅礡，生生不息的人世竟成無邊的苦海，枉過一生。是如夢之剎那，如夢之孤獨。夢成了人生慾望的象徵，所謂南柯一夢者、黃粱一夢者，不是對於功名利祿和榮華富貴之追求太過急切，患得患失之心太重，在白天現實中無法滿足，只好求諸午夜人靜的夢境之中，此乃人之常情！

人生如夢、夢如人生，古人說：日有所思、夜有所夢，一切夢境、劇情是根據白天的思維、目視、耳聞、心繫之情，俟夜闌人靜，放鬆緊張之思緒，潛意識裡的思維形成影像，一幕幕在長長夜空上演，滿足於人世間因道德或律法所不容的情節。

既然；人生若夢，又寄一己之生命於滔滔萬頃之上，沉浮剎那，不知初始之始，又不知何終之終乎。何不效法古聖先賢之剎那即永恆，肯定自我存在價值與意義。宋末名將文天祥之「人生自古誰無死、留取丹心照汗青」，這是何等悲壯，何等偉大的胸襟！以個人有限的生命竟逐宇宙無限的悠悠，人生若此，夫復何求哉！

夢是人生，人生亦是夢，倆者無法斷，不能斷也斷不了。人生無夢，如枯木巨石，了無靈魂；夢無人生，則無主題，亦無劇本與情感。

若人生如夢之剎那，亦如空庭之落葉，嘆歲月之無情，悲前途之茫茫然，苦生存之壓力者重。有識之士者或有頓悟，在午夜夢迴之際，明宇宙萬物終歸於源始之真理，悟以往之不諫，覺今是而昨非，涓涓細流，終成江河，在人生的旅途上，必然璀璨！

原載金門日報副刊

憂患人生

金門自明清以降，海盜、倭寇不斷的肆虐，明鄭與滿清之爭與日寇侵佔，至民國三十八年國共最後戰役，民國四十七年的八二三砲戰，及爾後兩岸大大小小的爭端，都在這個蕞爾小島上糾纏，再加上先天上因為水資源的匱乏，無水則無萬物，無萬物則無以為生，生活在金門的人，生存環境困厄又海盜猖狂，倭寇橫行，造成金門人的流離失所於天涯海角。當時，經廈門下南洋或東洋者眾，貧窮、戰亂又加「落番」血淚，可憐的金門人，默默承受內憂外患之苦。

生長在憂患的年代，金門人並未屈服於天命，反而無怨無悔的為了生存，為了家鄉的老小，默默地付出心力，並鍛造出金門人對生命的韌性，以無比的勇氣與毅力承當了離鄉背井的辛酸和苦澀，再以莊嚴不屈的生命之力向天命挑戰，乃致堅定的走向康莊大道，創造金門人在海外的成就與安定。在這命運多舛的小島，挫折重重，風雨如晦，大地淒迷的年代，金門人不向天命屈服，反而由知天樂命，再去求制天命以創造新的生命，這是何其偉大的情操，生為金門人，我們應該值得驕傲、值得效法。

生長在這個年代的我們，不再有海盜或倭寇的肆虐，也不會再有戰禍，這是金門人生長在這塊土地上最幸福的時刻，我們沒有了憂患，不需要再流離失所了，我們將在這塊土地上綿延我們的子孫。

一個人如果沒有了生長環境的憂患，太過安逸的生活，就會迷失於物慾的追求，永遠跟著情欲走，為存在而存在的生活著。長此以往，將會失去對人生存在的意義與真理，僅求安身立命，豈不愧對嚴肅的生命之美。在處處充塞暴戾之氣，物慾競逐的今天，社會在變，人心再變，常倫墜落則理性盡失，行為偏激必心靈枯竭，如何以虛靜之自心面對現實，體認自己的責任，肯定生命存在的價值，再者超越役於物質，蔽於情欲的墮落之心，發揮磅礴剛健的生命之力，以重建人性莊嚴，人生才有瑰麗光明的遠景！

人生往往在「憂患意識」啟迪或激勵之中，才會徹悟人生存在的意義與真理，才知人生乃是發自內心良知之理性實踐。但生活在安逸的人們，只知道每日去競逐榮華富貴，醉生夢死，爾虞我詐，滿足於生理的需求，享受於物慾之舒適。紅樓夢作者曹雪芹把人看成悲劇的演員，同時也把人世間看成是一個悲劇的舞台，到頭來也真是萬境歸空了。

宇宙一切生命脈脈相承，生生不息，人們迷惑於生命的豐富，僅知珍貴生命的存在，而不重視生命的價值。面對著這真實的生命，多少人像謎樣的生活了一輩子，又謎樣的默然消失，而不以為憾。人的生命本身就是一個價值，每一個人的存在，原本就是一件莊嚴的事實。只要能夠確切把握生命存在的這一事實，不時以「憂患意識」來啟迪或激勵，直下承當，憬然自覺，以自己為主體發揮生命之力，在莊敬剛健之中力行實踐，作無窮的創造，以肯定自我生命的價值！

人之心靈

亙古以來，在這浩渺無垠永不窮盡的時間巨流裡，雖然萬象雜陳，各謀生機，但在天演進化的過程中，人類亦隨著這永無止境的滔滔巨流，默默地，在縹渺無際的霧靄裡，不時的奔向林藪莽莽的平原，或是奔向山石峋嶙的幽壑，有著瑰麗的奇景，也有著莫測的幻象。然而，人生最真切可貴處，莫過於存有一顆「靈明之心」，對宇宙人生，有著至善至美的嚮往。

每天對於天邊的一抹艷麗的夕陽殘照，生活在山野叢林的猿猴，只會攀摘樹枝上的蘋果，美麗的夕照，對無知的動物等於是不存在的。但如果是一個山居的人，遙望那暮靄迷濛的碧靜天穹裡，出現了一遍璀璨的晚霞，萬紫千紅，瞬息幻變，躑躅於這奇景意象中，心靈深處莫不有許多複雜而微妙的感受。人之於禽獸，或許還是有這「幾希」的差異的。

人的心靈本是極其複雜又難分析的，尤其是在近代工業社會生活裡，處處充滿了矛盾衝突而且瞬息萬變，簡直是不可捉摩。無論從什麼角度來看，現代人的生活享受，的確超越了以前幾千年的標準。這空前偉大的恩賜，卻給人們心靈上帶來了一份莫名的迷惘。或許是這種高度機械性的劇烈動力和系統性的強大組織力來得過於快速，人們在心理上缺乏事先的準備，驀然之中，生活上反而遭受許多擾亂和困惑，心靈首先就感受到一種分裂和壓縮的痛苦，往往覺得自己陷入虛空的迷霧之中，有許多的緊張和惶恐。

千古以還，人類之所以能面對著這淵淵其深、浩浩其大的宇宙，並未曾在惶惑中迷失了自己，而且能夠在迴環曲折的深谷幽徑上，覓得自己的坦途。在波瀾洶湧澎拜的海洋裡，確定正確的方位，這全是初民們「靈明之心」的具體表現。所謂「靈明之心」者，並不是中虛無物，神祕難測的一片虛無，乃是有內有外，有動有靜，既可旁通無窮，又可與上下四方古往今來渾成一體的良善本性。

在傳習錄裡，陸澄問王陽明：「什麼叫做心？」王陽明說：「只是一個靈明。」又說：「可知充塞天地中間，只有這個靈明，人只為形體自間隔了，我的靈明，便是天地的主宰。天地萬物離開了我的靈明，就莫有天地萬物。我的靈明沒有天地萬物，亦無我的靈明。」王陽明雖然用極端的「主觀意識」來體察天地萬物，但也同時承認了他的「主觀意識」存在於客觀的天地萬物裡。王陽明深信人人皆有隨生命俱來的純一「靈明之心」，這一點「靈明」就是創造樂觀積極人生的契機。

黃梨洲在明儒學案序文裡認為：「盈天地皆心也，變化不測，不能不萬殊。心無本體，工夫所至，即其本體。」這就非常具體說明瞭靈明之心是什麼，尤其是說：「各得其本心者，謂之仁。」那麼仁的工夫，就是靈明之心。所以，靈明之心是出自人之本性的，人人皆有的仁心，存在於天地之間，可以說俯仰皆是。一個人只要肯本著自己的靈明之心，去做實踐的真工夫，則靈明之心立即呈現眼前，毫無神祕可言。

人不能無心，尤不可沒有心做其主宰。儘管人心無體，變化無端，虛無飄渺，難於把握。可當你「極靜時」，會「恍然覺吾心」的存在。「有如長空雲氣流行，無有止極。有如大海魚龍變化，無有間隔。」足見人的靈明之心，確實是自本自根，未有天地而自古以固存的。不過在「工夫」上，畢竟是可傳不一定可受，可得而不一定可見的。因而，以「吾之一身」為靈明之心的「發竅」，樹立了一個以我為基礎，一切從「我」做起，繼而推己及人的實踐方法，才可發揮靈明之心，完成靈明之心。朱熹說：「此身有物主宰其中，虛澈玲臺萬境融。」這是說我的靈明之心，就在「我」中。以此為主宰，則靈臺虛澈，萬境可融，這就是儒家思想中，仁者渾然和萬物同體的境界。

一個人的「靈明之心」是否能及時「發竅」，全靠自覺來作導引，尤其人類的心靈正遭受史無前例的劇烈變動，陷入物欲享受的迷惘之中時，人性的自覺，是可以給人世間帶來優美和真理，是啟發每一個人的「靈明之心」的本能的。叔本華在他的意志自由論中說：「自覺是自己固有的意識」，就是認為自覺是人的本性。朱熹更進一步說：「所覺者，心之裡也。能覺者，氣之靈也。」自覺意識既是心之理，也是氣之靈，人人應該都可以作得到的。

儘管天道靡常，人事滄桑，一切變幻莫測，如果每一個人都能保有一顆靈明之心。只要憑藉此一與生俱來的原本存有的高遠而深厚的仁心，去體恤天地萬物、契合宇宙，則物與我必然由相感、相通而至相忘，終於物我無間，情理交融了。人的思想發揮到這種極致，一定可以如西哲史懷徹（Shweitzer）這位二十世紀的慧星，在非洲那麼酷熱的荒野森林裡，屏除一切物質的享受，不避艱困厄，以一顆「靈明之心」在那寂寞的天地裡，仁慈的辛勞了一輩子，期望在思想中為既道德而又肯定世界人生的宇宙論，找一個永恆的基礎，完成自己分內的事，也因此獲得舉世的欽慕和敬仰，成為叢林裡的聖人，永垂宇宙，萬世不朽。唐代高僧玄奘大師，孑然一生，跋涉萬里險阻，西渡流沙，深入佛國求經，以這種大慈大悲的「靈明之心」，普渡眾生，涵融天下，而上達空明之境，這種捨身救世的仁心，也永遠為後人景仰膜拜，永遠洋溢人間。他們以苦行光輝仁心，從仁心中體認宇宙萬物，了悟人生真諦，這種曠達虛靜的精神，必可在人生道上，克服一切困厄，超越一切險阻。

一個人樸素真摯的仁心，若一旦轉化成生活實踐的真工夫之際，大智慧便會由此產生，大事業亦由此奠基，進而可以提升每一個人的生命情調。人世間也就可以到達天地萬物和諧的至美至善之境了。

幾千年來，人類良善優美的靈魂，真像一朵千瓣的白蓮花，在澄清的水池裡，自己在一瓣一瓣的舒展著、開放著，就是在汙濁的水潭裡，亦復如是。不會永遠在迷惘中，也不會甘願以無限的物欲，輕輕毀滅了自己自覺的靈性的。這就是人之所以為人！

原載金門日報副刊

泛談人生境界

在這個龐大複雜的社群生活裡，芸芸眾生，熙熙攘攘，有如螻蟻，或朝起夕歸，或披星載月，從表面上看來，眾生將人世間妝點出一片熱鬧景象！然而，每一個人生活在這個錯綜複雜的世間，各人的生活方式並不相同，猶之如山野廣袤的大森林裡，不可能有兩棵相同的大樹一樣。人們生活在自己的小天地裡，舒舒泰泰，自由自在。既不願侵犯別人，也不願意別人來侵犯。各有各的心靈享受，各有各的人生境界，在這無垠的宇宙之間，充滿了和諧的生命情調。

所謂「人生境界」是指每個人的精神作用，投射到實際社會生活中的一種「映象」而已。這種「映象」大家都根據各人的學養和稟賦不盡相同，境界的衍變也不一樣。人的一生，雖然短短不滿百年，但每一個人的人生境界往往在不知不覺之中默默轉移而未自覺，當然也有人永遠被侷限在某種境界，終其一生。

西哲尼采（一八四四至一九〇〇），在他的巨著蘇魯支語錄中，提出象徵人類精神的三變。由駱駝而猛獅而嬰兒，實際上也就是人的三個人生境界。在蛻變過程中，一樣充滿了和諧的情感，一樣有其至高境界和更莊嚴的生命情調。以黃沙迷漫，荒蕪多變的沙漠象徵人生之旅。人起初如一隻駱駝，以堅韌不拔的苦勞勤奮精神，向無垠無涯的前路漫漫跋涉而去，願意在寂寞、孤獨的大沙漠上創造出人生的新價值。可是中途必遭受不盡的阻擾和障礙，於是在苦難的重壓之下，轉變成一隻猛獅，以其雄偉的巨力，做劇烈的搏鬥，衝破那阻擾和障礙，企圖超越困厄，創造自我價值，追求生存的意義。終於在最後圓滿地成為天真的摯誠的嬰兒，一片純潔樸質，復回原始，重歸自我。尼采以有形的形體來說明，人的三個人生境界。藉由駱駝的苦勞勤奮精神去向那無止盡的沙漠，披荊斬棘以開拓人生；而在受盡折磨，歷經坎坷之際轉變成猛獅，以雄獅之力去向那阻礙困厄之中創造另一種生存的意義；最終功德圓滿，成就了天真的嬰兒，迎接嬰兒的是這個璀璨的人世間。或者說是回歸到最初始的自我。

我國哲學家王國維（一八七七至一九二七）在《人間詞話》中說人生也有三種境界，他認為凡古今要成大業成大學問者，必須先後經過這三種境界。對於這三種境界，他並沒有如尼采以有形的形體來說明，也沒有作其他更詳盡的具體敘述，卻借用宋代三位名家的詞句，分別以三首詞予於象徵，讓人們細細去體會其中深厚沉潛的涵意。最終也讓後人津津樂道的理想追求。

王國維的第一種境界，是「昨夜西風凋碧樹，獨上高樓，望盡天涯路。」是晏殊的蝶戀花；第二種境界，是「衣帶漸寬終不悔，為伊消得人憔悴。」是柳永的鳳棲梧；第三種境界，是「眾裡尋他千百度，驀然回首，那人卻在燈火闌珊處。」是辛棄疾的青玉案。由這象徵性的詞句推敲，發現人的確不能完全靠本能生活，絕對的理智則太過於冷酷，必須有深厚的真情感作為人生境界的基礎因素。這三種境界無一不是包含豐富情感的寫照。

一個人在人生的旅程中，就彷彿悄悄的獨自上高樓，滿懷著美麗的幻想，期待著未來的希望。望盡了茫茫遙遠的天涯路，望得盡也望不盡，望不盡也可以望得盡。一直浸融在濃郁的情感裡，不怕秋風蕭索，碧樹凋殘，眼前一抹迷惘，依然執著如故。更不惜再進一步，寧願衣帶逐漸寬弛，受盡折磨，歷經坎坷，為伊人憔悴而終不肯有些悔恨。估無論作繭自縛也好，自作多情也好，人之所以為人，大概就憑藉了這一點點不絕如縷的真摯感情吧！世間該有多少人在時光荏苒中癡癡的等，在眾人之中苦苦的尋，雖千百度而一無所獲。誰知驀然回首一盼，原來那個妙人兒竟在燈火闌珊處啊。多少人在這一剎那之間，才豁然開朗，恍然大澈大悟了！在人生的道路上，此情此景，該是一分何等超越的境界，又該是一分何等蒼涼悲壯的生命情調！至此，人不復再侷限自己於個人的小天地裏面了。將到達和蒼莽宇宙合而為一的至高境界了。

東方的哲學家以這三首詞來做一個象徵，在第一個境界是比喻說，當一個人志向已經確定，學業剛剛開始之際，要了解路程的遙遠；第二個境界是比喻說，道路必定艱難，一個人要成就事業不是件容易的事，要捨得下功夫，勤學苦練，不畏難險，要有不達目的誓不甘休的氣概；第三個境界是比喻說，一個人只要勤奮耕耘，堅持不懈，經過千辛萬苦，終究會水到渠成，也必然會有意外收穫。一個人的精神變到最後的階段時，也就到了「驀然回首」的一剎那，立即在人生淡淡的悲悵氣息的背後，了悟隱藏於心靈裡的穆靜與平安境界，解開了情感的固結，毅然超越。最後，在「燈火闌珊處」看見了人生真正的信念和期冀。所以，只有對人生以不忍人之心，作悲劇性的深刻而潛沉的體認，才可以永不屈服於悲劇精神，才可以用不凡的勇氣承當一切苦難困厄，在破殘淒迷的現實中創造新生。

東西方的哲學家各以不同形式來闡述人生的三個境界，然而這種境界，並非人人可得的。或許，只有「見素抱樸，少私寡欲」的人才能領略。

每一個人的學養和稟賦不同，就會有不同的人生境界。莊子談人生境界，特別假設天人、至人、神人、聖人、君子等理想人物以為象徵。他說：「不離於宗，謂之天人；不離於精，謂之神人；不離於真，謂之至人；以天為宗，以德為本，以道為門，兆於變化，謂之聖人；以仁為恩，以義為理，以禮為行，以樂為和，薰然慈仁，謂之君子。」由此可見莊子的人生，是形而上的天道，他追求的是宇宙中的根源，呼籲人性的覺醒，尊重個性價值，從積極的自由意志中，發揮生命的自由。進而要求將自我溶解於大自然之中，成渾然和諧的一體，是一種虛靜狀態的唯美的描繪。再由此境界，遂產生出一種暝曚神祕色彩的生命情調！

至於孔老夫子，對於人生的看法，雖然以現實社會為對象，不談玄說妙，樂觀的肯定人生必然會有一個合理的歸宿，社會也必會有一個道德秩序可循。他老人家依然有其寧靜恬淡的人生境界。在周遊列國之際，偶而遙望蒼天悠悠，長空萬里，一碧如洗。乃有所領悟的嘆道：「天何言哉！四時行焉，百物生焉，天何言哉！」企立橋頭，俯首見流水潺潺，匆匆而去，永不回頭。就非常敏感的嘆曰：「逝者如斯，不捨晝夜！」。老人家一生顛沛流離，風塵僕僕，依然保持「申申如也」和「夭夭如也」的君子風度。永遠文質彬彬，從容不迫地度過許多困厄。等到垂垂老矣，還在「發憤忘食，樂而忘憂」，乃至於忘記了老之將至。這不就是莊子心嚮往之的神人境界嗎？不就是藝術美和道德美融合交流於一體的人生境界嗎？

人不必偉大，人也可以一無所有，但必須面對現實，對人生作深度的體認，在更高處去擴展你的視野，從心靈深處呈現人性的光輝，以此璀璨的光輝，照亮走向最高境界的道路，我們無法如孔老夫子的神人境界，但我們將有如莊子假設的理想人物－君子的境界呢！

道與人生

「道」這個字的涵義，道之上邊兩點其實是先聖先賢們的智慧，認為世上所有一切就是一個「太極」，「太極」是由陰陽兩儀所組成的，世上所有的一切都規於陰或陽，而不管是陰陽，終歸於一，這是每一個人所必須要去體會的，也就是說自己要了解、去悟「道」的真理，有了這個領悟之後，才能行走於人世間。簡言之，上面「兩點」是陰陽，陰陽終歸於「一」，這是這兩點下面這一橫，自己的「自」就是下面的自，一個人必須有這個領悟，才能「行走」於江湖，集合起來就是「道」這個字。

邵雍（一〇一一至一〇七七）認為萬物皆由「太極」演化而成的，他說：「心為太極。」又說：「先天之心，心學也。故圖皆自中起，萬化萬事生乎心也。」這實際上又把心看作為世界萬物的本源。

在這蒼蒼莽莽的宇宙人生，萬事萬象的各種變化，莫不是道。所謂「道」者，通也。能通乎大道，則應變不窮。「道」之在人者是為德、為性。在古今哲學家心理，所謂「道」者，即是術，是道路，也是最高的原理。先秦老子的「道」，是指天的而生的原理，道是宇宙運行自然變化的法則，是事物的規律。簡言之，道是一切的本源。所謂人法地，地法天，天法道，道法自然（道效法或遵循萬物的自然）。老子的「道」在天、地、人三者之間，是一貫的，是可以力行的。

古往今來，對於一種道理的了悟與否，全靠自己的智慧去體認，聖人哲人方可悟而行之，販夫走卒莫不聞而大笑。至於孔老夫子一生，不以貧窮為憂，也不以富貴為榮。他之所以樂者，樂道也。因而他說：「士志於道而恥惡衣惡食者，不足與議也。」因一心在道，無暇顧及衣食之惡，乃至於超越生命以外。所以孔子說：「朝聞道，夕死可矣！」這是一種偉大的宗教精神和氣象。生活在這種極度功利社會的每一個人，只要能夠問心無愧，內省無咎，「無咎」即是「循理」，循理就是道，樂道則舒泰怡樂。不過人的心靈要在「蒼空無雲，靜水無波」的境界，才可以由「知其道」、「求其道」、然後「樂其道」！

「道」是真理，是智慧，也是永生。是和平，是良善，也是仁愛。古今中外的聖賢哲人和詩人們，情願捨棄一切、犧牲一切，也要追求這一個崇高的境界。

孔夫子認為「道」之在人者，謂之命，命和性都是「道」之在人者，是自然中秉受於天的。不過命在天，性在人，性可變，而命是必至的。

劉勰以「本乎道，師乎聖，體乎經，酌乎律，變乎騷。」為用心，著文心雕龍。並說：「道沿聖以垂文，聖因文而明道」。後來韓愈主張「文以載道」，他說：「愈所能言者，皆古之道也。」文學既可以載人心和人性之「道」，亦可載屬於道德意識範圍以內的「道」。「文以載道」，是在表達儒家的思想。載是表達之意，道是道統的意思，而道統即儒家思想；韓愈的主張較側重於「道」。也就是說，文只是道的附庸，他認為繼承與弘揚道統是藉由「文」來發揮。換句話說，他認為文章的表達必須能夠完全傳達儒家的道統，比較忽略藝術層面的表現。

韓愈「文以載道」（中唐，西元前七六八至八二四）將堯、舜、禹、湯、文、武、周公、孔、孟以來所傳承的儒家傳統，稱之為「道統」。這個「道」注重現實人生，強調倫理道德，與佛教出世的主張與玄學的放浪形骸不同。他特別推崇孟子，又著重闡揚《孟子》及《大學》、《中庸》中有關「心性」的部分，以和當時興盛的佛學對抗，開啟了宋明理學的先聲。宋明理學中，把宇宙的根源叫做「理」或「道」，存在於萬事萬物中；它統一著萬事萬物，但超乎形象，是永不變易的自然秩序，以及人間秩序的終極根源。影響所及，文人士大夫，向來是講「文以載道」的。如古文運動的先驅者柳冕就曾說過：「夫君子之儒，必有其道，有其道必有其文。道不及文則德勝，文不及道則氣衰。

在「文」與「道」的關係上，韓愈與柳宗元的看法基本是一致的。但兩人對「道」的理解有所不同。韓愈重在提倡「古道」，以恢復自魏晉以後中斷了的儒家「道統」。柳宗元比較注重治世之道即「輔時及物」（《答吳武陵論〈非國語〉書》）、「利於人，備於事」（《時令論》）的「理道」（《與李翰林建書》），從社會需要出發，重在經世致用，比韓愈的「道」較有進步意義。但總的來說，韓、柳所講的「道」，除了「仁義」外，無非就是《大學》裡講的格物致知、齊家治國平天下，比較抽象。到了宋代歐陽修，對「道」的理解顯然又更進一大步了。歐陽修反對「捨近取遠，務高言而鮮事實」，主張從日常百事著眼，「履之以身，施之於事，而又見於文章」（《與張秀才第二書》）。他提倡從身邊出發，從社會出發，從國家出發，少談脫離實際的「高言」。歐陽修的這一思想，可以說接近「文以載道」之意。

孔夫子從十五歲起就志於「道」，堅定一心為自己的主宰，有了先立其大者的工夫。三十歲能將自己的一切言行，遵循人生禮制的範圍去力行不懈，孜孜矻矻的努力。四十歲時深切的了解人生的大道和宇宙真諦，將豐富的熱情全部投入在道德理性的境界。五十歲時洞悉人世間一切超過人力極限之外的莫測變幻，必須以高度的智慧之心來主宰自己。六十歲時順其天命的發展，到達人生最高峰的道德領域，進而合道德理性於一體的神話之境。七十歲始獲得不思而至的大智，依其一心之主宰而為所欲為，但不逾越天地間的自然法則。終於將自己擴大到至圓通且高明的之天樂天終於同天的人生境界。遂成為我中華民族之萬世師表。

老子形容他的「道」說：「有物混成，先天地生……道生一……」。先秦哲人多喜用「一」字來形容解釋永恆的大道。莊子說「道」：「泰初有無，無有無名，一之所起，有一而未形。」莊老這些解釋，非常抽象，似乎遠在人寰之上。非大智大慧，難獲箇中真意。孔子則不然，他對曾子說：「吾道一以貫之。」曾子解釋為：「忠恕而已。」真是一言之微，千古如新。所謂忠恕之道者，其實就是仁道，是人們力行實踐的真功夫。盡己之心以待人，謂之忠；推己之心以及人，謂之恕。人人能一本我之心貫通億萬人之心，乃至於後代萬世以下之心，這不就是超乎形象之外的「道」之形象化了麼？人以此安身立命，萬物以此生生不息，文化也因此而綿綿不斷。

今天面對這熙攘的世界，顧念這憂患的人生，憬然有悟，悟生妙覺，立即洗滌心源，盡己之心以待人，推己之心以及人，納萬殊於一貫，必具千古慧心而獨立物表。人生至此，夫復何求哉！

牡丹亭觀後感

看完《牡丹亭》的故事之後，深感女主角的癡情，男主角的鍾情。一段在現代是不可能發生的曲折離奇的愛情故事，作者以女主角杜麗娘、男主角柳夢梅及女主角父親杜寶、母親杜夫人、陪讀丫頭春香及家庭教師陳最良與看守靈柩的石道姑，由這七個人演譯一段不朽的愛情故事。表面上是在演譯愛情的偉大，至少在封建時代的人們在看這戲的心境。不然也不會有人因為這齣戲太過感人而心傷、而死、而痛啊！而實際上呢？作者其實在對傳統的枷鎖做無言的抗議，並向宋理學的假道學和道學家提倡的虛偽的「理」的禁欲主義，表達強烈不滿。

他認為「人」要有真性情這個自然的真實的「情」，所以他創作這齣戲描繪杜麗娘的生活環境、周圍人物，深刻地揭示了她所面臨的對手不是某些單個人物，而是由這些人物所代表著的整個正統意識和正統社會勢力。因為這個環境才會造就杜麗娘的感情世界，並深入地刻畫了她對幸福人生不可抑制的追求，以及這種追求如何以內在的剛強支配著她的外在的嬌弱，令人感受到自由的生命的可愛。

《牡丹亭》又名《還魂記》，或稱《牡丹亭還魂記》，是作者湯顯祖一生最得意的作品，是十六世記末期中國戲劇史上一部描寫愛情故事。描寫一份動人的愛情是足以令人以身相許的，尤其是在封建社會，當然會引起各個階層讀者的迴響。

女主角杜麗娘生長在南宋初期，《牡丹亭》，原名《還魂記》，又名《杜麗娘慕色還魂記》是明代劇作家湯顯祖的代表作，創作於一五九八年，描寫了大家閨秀杜麗娘和書生柳夢梅的生死之戀。與《紫釵記》、《南柯記》和《邯鄲記》並稱為「玉茗堂四夢」。

作者細緻而富於美感地描繪了她的不同層面上的感情活動，特別是深入地刻畫了她對幸福人生不可抑制的追求，以及這種追求如何以內在的剛強支配著她的外在的嬌弱，令人感受到自由的生命的可愛。這是過去的愛情劇中沒有過的女性形像，她的出現，表現了晚明文學家對人性內涵更為深刻的認識，和更大範圍的肯定。

他的「至情」論的思想，是反對程朱理學對人性和個性的抹殺與摧慘。他認為「人」要有真性情，這個自然的真實的「情」和道學家提倡的虛偽的「理」是對立的；他以「情」來否定「理」，強烈地反對道學家的的禁欲主義，牡丹亭的主題是反對封建壓迫的，不過這種壓迫不是一般的政治壓迫，而是理學的、禮教的壓迫，是看不見血汁在思想上、精神上的壓迫，這深刻地反映了明代中葉以後思想領域裡，新舊兩種思想的對抗。

他寫女主角杜麗娘的身世、家庭、教養、環境並揭示出由此而形成的人物的性格和內心世界。其實，他在反映社會生活與所處的歷史環境，也表明作者非常重視愛情及人物性格的關係。所以作者不只是寫愛情，而是寫這個美麗的愛情是在怎樣的環境時空之下產生與發展的，再次揭示愛情與環境的衝突。作者應該要表現的是，原來美麗而蒼白的愛情之花是生長在完全不適合不允許他生長的土壤之中，這是一種不合時宜的愛情故事；因為作者在我們面前展現一個陰暗而又冷酷無情的世界，他描繪出一種與愛情對立，而又統一的不可分割而又及不和諧的時代氣氛，很明顯作者寫愛情，歌頌愛情，其內心深處卻在揭露和抨擊摧殘愛情的封建壓迫，這種壓迫來自理學的和封建禮教的壓迫，在歷史的長河中，百姓數千年的典型禮教的環境，一個理學統治沒有人情味、令人窒息的時代，使我們可以從中感受到瀰漫的迫人氣壓，看到了封建禮教對人（尤其是對婦女）的壓迫和摧慘是多麼的嚴重，不然杜麗娘何以相思致死。如果不是被封建的禮教拘束，其實她可以如在尋夢中云：這般花花草草由人戀，生生死死隨人願，便酸酸楚楚無人怨，這種發自內心的怨恨，正是對於殺人不見血的封建禮教的深沉而又強烈的控訴。

作者寫杜麗娘受到無形的精神枷鎖的嚴重束縛，然而，為了愛情，為了那生氣盎然的三春好景，她覺醒於春色無邊和美麗的愛情追求，她以一個長期被禁錮的嬌弱孤寂之身，敢於衝破牢籠，進入到一個春光明媚的世界，主動又大膽地追求長期被人間遺棄的幸福。雖其內心深處困囿於矛盾與苦悶，但她最終克服內心的矛盾掙脫封建禮教在她身上的枷鎖。

作者再寫封建的假道學所表現的迂腐和頑固，最具代表人物莫非杜麗娘的父親杜寶及家庭教師陳最良，其傳統封建禮教的思維根深蒂固於二位，杜寶是一個正統的封建官僚，他嚴格遵守封建禮教的一套規範，因此，也要求其女兒接受這種規範來塑造知書知禮名門閨秀，杜父為了達到這個目的，杜父請陳最良這樣的腐儒為塾師，目的非常清楚，就是要使杜麗娘「拘束身心」，而不能「縱她閒遊」。所謂「拘束身心」就是要拿一套封建的禮法教條去束縛，並扼殺一個青春少女的心靈和個性，為她設下一個精神的牢籠。可憐的青春少女被這兩個老學究串聯將之圈禁於傳統的封建禮教，可串聯兩者之間的粘著劑卻是杜麗娘的母親，她受其夫影響甚深，故而對杜麗娘的教育和管束，也是極嚴格的，再加深對女兒的封建禮教思想教育，使杜麗娘的思維與行為被緊密地套牢。作者以這三個角色來鋪陳他所厭惡的封建禮教及宋理學的假道學，又出於對黑暗政治的強烈不滿。

宋明時期的理學，從朱熹到王守仁都提倡「存天理、去人欲」，他們從不同的角度將封建倫理剛常神聖化、神祕化，成為加在廣大人民（尤其是婦女）身上的精神桎梏。人生而有欲，有人生就有人欲。人欲是與人生俱來的。高談去人欲，未免有空泛而不切實際。作者深深以為，千年來影響整個漢族的封建禮教有所不滿，傳統的束縛造成這個族群無法走出被圈禁的牢籠，直接或間接影響整個社會的發展，建國以前，專制的君王，儒道學說的思維，廣大人民生存的困厄，精神生活的貧匱，人欲——人自然的合理的生活或生存的要求，「人」原本是充滿生機的個性，在長期中遭到藐視窒息仍致摧殘。於是藉由這段動人的愛情故事，反諷封建禮教的無情、僵化、頑固與守舊，以為傳統的儒道思維都是對的，逾越傳統的規範或不予遵守，就會被指責對先祖的不敬。

目前影響金門這個小島的民情風俗，應屬道教的教義或規範或傳統的敬鬼神，且崇拜多重不同性質的神祉，自詡禮教薰陶的我們，外來的佛教或其他宗教仍然無法改變生長在這個蕞爾小島的島民思維，其守舊、迂腐的思維，深深烙印在島民數百年不墜！

四百年前作者以杜麗娘的愛情，揭露中國長期被禮教所束縛的悲哀，進入資訊時代地球村的我們，卻仍然被道教的繁文縟節所圈禁，明知燒紙錢對人身對環境甚至對整個地球都是有害的，島民所受的教育已經足以判斷是與非，但傳統的思維卻牢牢箝制島民的理智，也造就島民的固執、守舊！可憐亦復可悲。

我們再回頭看看，為什麼作者在四百年前就反對中國長期以來所推廣的儒、釋、道的思想，那千年來所累積的不當內容由分類板主暫時隱藏禮教，指的是封建禮教，它是反映封建社會特有的社會現實和思想觀念的禮教，稱之為封建禮教。封建禮教反映了封建等級觀念。封建禮教具有鮮明的階級性，地主階級的代表人物在制定禮教時，竭力保護地主階級的利益。最高統治集團在制定禮教時，也是根據統治集團的利益，而不是根據全民的利益。封建禮教，也就成為統治者剝削、壓迫人民的工具。

封建禮教主要的內容：

（一）特權思想：

《禮記・曲禮》孔疏云：「禮者，所以辯尊卑，別等級，使上不逼下，下不僭上。故雲禮不逾節，度也。」政治上的不平等，經濟上的不平等，血緣關係上的不平等，總是將一些人置於高位，讓他們擁有特權。在臣君關係中，君是特權者，在臣民關係中，臣是特權者，在夫婦關係中，夫是特權者；在父子關係中，父是特權者；在經濟生活中，地主是特權者。

（二）弱勢者單方面的義務：

封建禮教規定了在不平等的關係中居於低位元的弱勢者，應履行單方面的義務，從而維護著居於高位的強勢者的特權。在這裏，沒有人人平等的觀念，強勢者享用弱勢者為其提供的服務，但是，強勢者決不為弱勢者履行義務，只有這樣，才能顯現出強勢者的特權。弱勢者單方面履行義務，其結果是，弱勢者的權利得不到保障，反而助長強勢者的特權惡性膨脹：臣忠造就了君昏，子孝造就了父暴，妻賢造就了夫惡。弱勢者的利他主義，成全了強勢者的利已主義。

（三）男尊女卑：

經濟地位的不平等以及女性缺乏獨立的經濟權利，導致了婦女處於低位。封建禮教對此加以肯定和維護。男尊女卑，一方面造成了男性在家庭中的驕橫，另一方面造成了對女性的壓迫和侵奪，這是產生罪惡和悲劇的一大根源。

（四）親疏有別：

中國人生活在血緣家庭和宗教集團之中，親疏有別、內外有別成為封建禮教的一個重要內容。《禮記・曲禮上》講：「夫禮者，所以定親疏、決嫌疑、別同異、明是非也。」對待陌生人，往往就採取非人道的行為，此種觀念不利於國家民族意識的培養，有礙于社會公德的建立。

（五）專制主義：

專制主義完全扼殺了人的自由和獨立性，人也就喪失了反省禮教的能力，陷入禮教操縱關係之中，這也是封建禮教的一大特色。人在這種操縱關係中，成為別人的工具，成為受害者和犧牲品，這就是封建禮教「吃人」的一面。

我們應重建人文禮教，應澈底批判封建禮教，以平等思想取代特權思想，以權利義務相統一的觀念取代弱勢者單方面的義務；以男女平等取代男尊女卑，以公德取代親疏有別的私德，以民主精神取代專制主義。

生長在「海濱鄒魯」的金門人，請不要再沉迷於所謂的傳統與封建禮教的思維了，請愛護這個小島不再受汙染了，不要再執迷不悟了，幾千年累積的偉人、戰神、王侯、忠臣都由金門人在膜拜，全球的華人還有誰在乎哪個王爺生日？這些受後人膜拜的諸神們，祂們不是只有金門人的先祖，祂們的祭祀我們可以精簡每年一到二次就可以了，不要再如此鋪張花費在那不可知的過去了，只要我們心存善念，就會得到好報的。不是說你平常不做善事，只要每天去拜拜去求王爺就可以得到你的祈求的，世上哪有這麼好康的事？若人人如此，世上還有公義嗎？

原載金門日報副刊

心靈之開拓——寧靜致遠

寧靜：安靜、平和。三國・蜀・諸葛亮・誡子：「靜以修身，儉以養德。非淡泊無以明志，非寧靜無以致遠。夫學須靜也，才須學也。非學無以廣才，非勤無以成學。」紅樓夢・第六十三回：「如今四海賓服，八方寧靜。」

致遠：到達遠方。指能影響後世，推行久遠。易經・繫辭下：「服牛乘馬，引重致遠，以利天下。」文選・王・四子講德論：「衝蒙涉田而能致遠，未若遵塗之疾也。」

寧靜致遠的意思最主要為『心定、心靜』，要這樣才能夠看得遠。

靜心才能反省自身，節儉才能培養品德，凡事看得淡泊才能明白自己真正的志向，內心保持寧靜才能看得遠、想得深。其中，「非寧靜無以致遠。」亦即唯有內心安寧、平靜，便可以達到高遠的目標與境界，方能影響長遠。惟有豐富的內涵，提高個人的修養，才能創造出人生的價值，而流芳百世。

宋明理學家主多靜，自周濂溪以至程門諸子，皆以靜教弟子。程明道晚年更認為「養心」必須「守靜」，守靜以養道，有了寧靜的心靈，才有淡泊的性情。非寧靜不足於以致遠，淡泊乃在明志，並不是無志。理學家們所提倡的「靜」，是以「誠敬」養心的意思。誠者，寂然不動之心者也。敬者，主一無適之志者也。以寂然主一的「誠敬」工夫養心，就是守靜。心靜則智慧生，意專則耕耘動。

魏晉詩人以陶靖節最為淡泊高遠，而尤具靜趣，他之所以有這種境界，乃得之於他的心靈與宇宙渾然契合的修養，讀他的酬劉柴桑詩：「窮居寡人用，時忘四運周。櫚庭多落葉，概然知已秋。」詩人窮居忘時，見庭前落葉，始知時序已入秋了。全篇神采，在一個「忘」字。再讀他的飲酒之五：「采菊東籬下，悠然見南山。山氣日夕佳，飛鳥相與還。此中有真意，欲辨已忘言。」逍遙東籬之下，山氣清澈，飛鳥點點，而南山悠悠，只是見之偶然。詩人忘言真意，卻在無言中道出一個「靜」字。陶靖節就是先有了一顆淡泊虛靜的心，然後合宇宙本體之道，洞見宇宙萬物之間的和諧與安定，而渾然與萬物同體，到達物我兩忘之境。

王摩詰的鳥鳴澗：「人閑桂花落，夜靜春山空。月處驚山鳥，時鳴春澗中。」空山落花，夜月驚鳥，背後托出了「靜」，又如他的散文：「深巷寒犬，吠聲如豹，村墟夜舂，復與疏鐘相間……」。意境的高遠，虛靜的情趣，曠淡的心靈，清澈的神韻，令人悠然神往。體驗人生，則宇宙萬物終歸根於靜。所以只要能守靜就是明，明白天地萬物變化之本，不會窮於應付。莊子說：「聖人之心靜乎，天地之鑑也，萬物之鏡也。」

宇宙人間，眾象芸芸，寥無涯跡，有如「江流天地外，山色有無中」，不免層層玄冥，處處渺茫。一個人如果能寧靜則心似明鏡。明則通，通天地之靈，則萬物皆備於我，默默然有所得。凡君子的行為，心靜是要修身養性，勤儉是要有良好的德性。若沒有不汲汲於名利，是無法看清自已的志向。心若未清靜，也無法看到很遠的地方（因為心不定，故氣浮，無論做事，說話都會事倍功半）。

生活裡要如何達到寧靜致遠的境地呢？

第一、非淡無以明志：人生最高的境界是能甘於淡泊，因為追求繁華容易，返璞歸真困難，倘若無此淡泊心志，要將人格發揮到極致，就非易事了。生活恬淡寡欲、遠離名利，才是真正的君子，如孔子「不義而富且貴，於我如浮雲」，王維「行到水窮處，坐看雲起時」，楊慎「古今多少事，盡付笑談中」，都是最佳的實證。

反觀現代人，慣於物質享受，真正能「不畏浮雲遮望眼」者，又有幾人？

第二、非靜無以致遠：哲學家蘇格拉底有位慓悍的妻子，有回對他大發雷霆，又朝他潑冷水，蘇格拉底只是笑笑地說：「雷鳴之後，免不了一場大雨。」外境的風雨，動搖不了聖者內心的寧靜。儒家說：「定而後能靜，靜而後能安，安而後能慮，慮而後能得。」

佛經亦云：「靜心投入亂念中，亂念全入靜心中。」我們在一天之中，不能沒有獨處的寧靜時間；唯有寧靜，才能讓我們的身心永保安泰。

第三、非學無以廣才：西漢文學家劉向以為做學問是「少而好學，如日出之陽；壯而好學，如日中之光；老而好學，如炳燭之明。」學習是成功的基石，人生活到老，學到老，一個人若太過故步自封，容易在原地打轉，無法踏步向前。做人處事，要「學」才能開闊我們的視野，發揮我們的才華，所謂「開卷有益」，懂得廣學多聞，就能豐富內涵。

第四、非勤無以成學：人生無論做學問或創業，未經過集腋成裘的紮實功夫，往往無法學有所成。正如愛因斯坦說的：「求學猶如植樹，春天開花朵，秋天結果實」，若抱持一日暴之，十日寒之的心態為學做事，再容易的事也無法順利完成。所謂「勤能補拙」，只要有「勤」，必能實現理想，創造佳績。

寧靜養心，淡泊適性，放神青雲之外，迴脫蹊徑之中，不見斧鑿之痕，而自有天然妙趣，成蔚然奇觀，最終，才能開拓萬古不朽的心胸啊！

故鄉情懷篇

爲金門旅遊市場把脈

金門自民國八十一年十一月七日開放觀光，大批來自台灣的觀光客，揭開它神祕的面紗。當時，每人來金門三天兩夜的費用約在壹萬元上下，供應鏈與金門旅行業者之間的合作關係良好，各職所司、各取所需，創造三贏局面！

八十七年初，發生華航大園事件，國內需搭機旅遊之路線，其觀光人潮迅速下降。金門首當其衝，團費一度僅需三千九百九十九元，仍無法招徠觀光客，聯合報記者林秀芳小姐來金採訪，回台後她說：金門像是一座孤島！

爾後的歲月，所有經營金門線的旅遊業，開始結合特產行業，合縱連橫。期間因資金的調度支援，雙方合作更緊密。目前，在購物店市場上分為兩人派別，貢糖廠商有名記（後由陳金福替代）及聖祖；菜刀製作廠商有金合利、金永利；麵線製作商有鬍鬚伯（大方）、馬家及上古厝；一條根原先有後沙一條根、後又衍生天根草典、香蜂及王大夫等廠商；售酒廠商原先有統力、後有大方及酒香金門城；陶瓷廠有泗湖的風獅爺及宏玻陶瓷廠；目前最夯且獨賣的有高粱醋及面膜的高粱屋，雖然走得孤獨，但卻一支獨秀！

免稅店有金坊及最近開幕的囍莊，前者是昇恆昌、後者是新思維關係企業，未來將有金寶來及福威兩家免稅店開業。（原核照五家，因故取消一家。然免稅店屬特許行業，商家須考慮「貨源」，而原有之免稅店，其營業額數以百億計，已掌握貨源久矣，後設立之免稅店，會否幫其抬轎，時間可印證之。但有貨源者，卻未有客源，看來金門免稅店的經營戰，將是擁有貨源與持有客源兩者之拉鋸戰了。）再者；售酒廠商因免稅店的設立，其產品又在金門任何商家都可以買得到，因此；其業務將逐漸式微。

目前在銷售金額較佳成績的有一條根、貢糖及高粱屋三大品項，豐厚的佣金使得金門的旅行業者將團費下殺、附贈禮品等等噱頭，讓購物店廠商由幕前走上主導。換言之，購物店廠商每月的退傭，直接影響金門旅遊業者之盈虧！

九十七年後開放陸客來台，購物店廠商的退傭更是直接影響團費的多寡，以目前邊境一日遊為例，金門旅行業者向廈門組團社收取每人五十元人民幣，約合新台幣為兩百二十五元，（含一個午餐一百五十元、車資三千元二十五人計每人一百二十元、司機導遊小費兩千元二十五人計每人八十元，合計每人固定成本為三百五十元），只收兩百二十五元，尚不足一百二十五元。換言之，不足部分在賭shopping，且大部分賭在一條根、貢糖及高粱屋三大廠商，小部分賭在麵線、免稅店！

由於競爭激烈，國人賭性堅強，未來金門同業收取每人五十元人民幣的標準，勢必降低至零團費。價格的降低，業者將壓迫司機、導遊的小費，服務品質自然下降，購物點亦將變相增加，吃虧的是觀光客、司機及導遊，佔便宜的是大陸旅行業者。至於其他二、三日純金旅遊，或者中轉之陸客，價格亦盪到谷底，每人都低於成本在報價，除了廈門的組團社，其餘都是輸家！

既然影響金門觀光業之品質，大家第一個會想到說政府是不是該出面管一管，這您就把縣政府看得太偉大了，因為無法可管呢，畢竟我們是民主國家，經濟自由啊。除非司機或導遊能挺身向縣政府檢舉，官方有了著力點，才有可能出面干預，但以僅一百五十平方公里的小地方，同是鄉親、同學、朋友、親戚等錯綜複雜的關係，其結果可想而知了。然而，就是因為是小地方，應該沒有一個人會挺身而出，去檢舉剝削你的老闆（雖然他也是迫以無奈），頂多是此處不留爺，自有留爺處，捲鋪蓋走人而已。

個人經營金門線的旅遊業務凡二十年，深切了解金門的觀光產業在實際經營上的辛酸和無奈。茲將旅行業、飯店業、餐廳業、遊覽車業、司機、導遊人員、顧客群及公務部門一一將其業務的經營敘述如下：

首先；先談旅行社的經營，旅行社是觀光產業的領頭羊，開放陸客前，純粹是接待台灣地區的同胞或少部分外國朋友，來金門或商務或拜會或觀光或探親等等業務。雖然；都在玩價格戰，但台灣的旅行業者，均能在出團後一周內結清款項，台金的同業合作尚稱愉快。

開放陸客後，來金門的大陸同胞，初期有較多的是拜會、參訪活動，後期來的就以純觀光或中轉過境為主。初期的陸客，讓旅行業者賺到錢。後期的純觀光或中轉的業務，在金門的旅行社，大約七至八家，開始降價接團，並將退傭預先透支。再者；廈門組團社支付團費習慣

「拖」付，團費的支付快則一個月、慢則三至六個月！長此以往；金門旅行業者都得要有三大本事（能）：一是賭性堅強（賭觀光客的購買能力），二是衝鋒陷陣（同業之間相互殺價），三是口袋夠深（資金的調度能力）。缺一者，在這個蕞爾小島是無法生存的。或許這就是旅行業的生態吧！

所以說金門旅行業者偏好台客，對於陸客是又愛又恨，愛的是他們的量，恨的是收款難上青天啊！

對於提供住宿的飯店業者，在實際經營上的辛酸和無奈是什麼呢？

金門地區的飯店分為A檔和B檔，A檔飯店，他們在經營上辛苦的是，在金門當地沒有中高級的幹部，都得從台灣聘請專業的人員，但因生活上的不便，幹部人員不斷的流動，造成經營上的困擾。又因為所有A檔的飯店都沒有其他週邊設施，僅提供簡單的住宿及早餐，是無法將房價提高的。所以；在經營的收入上，普遍是偏低的。而所謂無奈的是，一般金門旅行業在訂房後，是沒付訂金的，也沒有所謂的Dalay，當天都還可以臨時退房呢。而最重要的是收取款項的時效，從給付帳單、對帳、核帳、出票、收款、入賬、兌現，每一家業者所需的時間都不一樣，或許是三角債的關係，相互影響，這一點對飯店經營者是最無奈的！

B檔飯店是當A檔的飯店都客滿時，才會被業者找上，是備胎性質，一切都是被動的。所以；當適時將房間之內裝及大廳于予重新裝潢，以滿足現在高生活水平之顧客。當然；A檔飯店有的辛酸和無奈，B檔飯店也是同樣遭遇！

對於金門所有的飯店價格偏低，其實並不是旅行業者要求的，是因為飯店本身並沒有其他週邊設施來滿足Night-tour，所以價格提不高啊！

其實；對於金門的住宿條件，客人的反應頗多微詞，為什麼一個開放近二十年的觀光風景區、且又設立國家公園，竟然連一家四星級水平的飯店都沒有，更別論五星級的飯店或渡假村了。這一點對於直接面對旅客的導遊，無言以對。或許；在邀請親朋好友來我們家作客時，應該先把住宿的品質搞好，才能讓訪客有好的印象。這是最基本的要求，我們竟然忽略了它的重要性，也比不上澎湖和綠島的住宿品質，若長此以往；實非所宜矣！

再者；因為在金門的飯店，並沒有飯店專業經理人，都是老闆親力親為，頂多再找幾個櫃檯或房務人員，只能提供簡易的住宿及早餐，對於飯店應有的服務品質，其實還有一段可以成長的空間。（如果你進入某家飯店，當櫃檯服務人員看到你時，他是否會馬上起身，面帶微笑並說歡迎光臨！）

在餐廳方面，金門僅有四家專接團體餐（小金門還有兩家），還有兩家以牛肉為主的特色餐廳，旺季時，一位難求，或許在所有的供應廠商中，是唯一賺到錢的。但他們的無奈其實跟飯店是一樣的，甚至有的餐廳還因收款不易，拒絕該旅行社用餐，以目前團餐的餐標之低，旅遊業其實應體諒提供者之辛苦。因為；畢竟金門地方小、資源短缺，旅行業得罪不起供應廠商的！

而金門餐廳業者，最讓人詬病的是用餐環境，用餐品質除了菜餚的品項的差異，在用餐時環境的營造氛圍，也是很重要的！可惜的是，一般的餐廳跟當年台灣的廟會餐廳是一樣的，雜、亂、趕、衝，其實是在迅速填飽肚子，之後走人！當然；如果顧客本身付的團費低，你是沒有選擇的餘地，你就不能去要求品質的。

在遊覽車公司方面，由於大部分都隸屬於各大旅行社，僅有少部分業者是只提供車輛的。因此；這些獨立的車行，必須依靠其他沒有屬於自己遊覽車的旅行社的調度，在有屬於自己遊覽車的五到六家大型旅行社，他們在估價時，車資是每天估三千元或是零元，全由他們視團體競爭程度來決定。而沒有屬於自己車子的旅行社，在幾家資源豐富的旅行社夾擊下，車資就很難拉高。因此；少數的車行，很難生存於這個弱肉強食的產業之中！

在司機方面，所有的車行，因為車資低，就削減司機的薪資，司機必須依靠購物站的茶水費來維生，如果沒停靠站，他們的收入尚不及每天800元的就業臨時工！所有的司機先生他們都是價格戰下的直接受害者。如果是你，還要寄望服務品質嗎？當然；有些司機並不會因為多停幾站，就有了好的服務品質，或許，大家都還有成長空間。

在導遊方面，是直接面對客人的，舉凡在飯店、膳食、車輛、司機或行程上的不順（如航班誤點），都是直接跟導遊反映的。一個團體順不順、服務品質好不好，顧客的購買能力，一切的一切都關乎於導遊人員，因此；導遊的素質良莠將影響整個觀光產業，既然責任重大，我們必須思考現實面，就是付出與回饋是否等值？我們的報酬是否跟台灣的導遊是一樣的？需要馬兒跑也要給足夠的糧草啊！由於團費的競降，除了壓縮到司機的出勤費，也壓縮到導遊應有的每天兩千元的出團費，導遊也必須依靠購物站的退傭來維生，如果沒停靠站，他們的收入是對不起必須努力去讀書才能取得的導遊執照的。也對不起日曬雨淋、上山下海的辛勞的。當然我們也期待有了好的收入，就應該要有更好的服務品質。

在購物點方面，在金門的所有shopping店購物，是最沒有壓力的，是可以盡情試用試吃，而且就產品在包裝方面也是優質的。但在停車是否方便，是導遊考量要不要進這個店的一大主因。當然，在各購物站週遭環境是大家所忽略的，或許要改善金門的觀光，這是大家可以做得更好的。另外在所有的購物站，最忌諱的是爬樓梯、結帳排隊、停車不便。購物站要的是人氣、買氣，不是在賣場的大、小或地點。

在顧客方面，他們也是有苦衷啊，台灣的觀光客埋怨最多的是用餐品質及住宿條件，再加上三天六站的shopping購物點，還有太多的紀念館，多在做重複的看圖說故事，這些在旅遊上的缺點，若長此以往，終將金門觀光業帶入死胡同！

陸客的需求比較容易滿足，他們來不是要享受，是好奇心使然，他們想要見證一下，在相同的一個民族國家百姓，在不同的制度管理之下，生活到底有何不同？

但當自由行之後，他們慢慢的會選擇較佳的服務品質，如行程的內容、膳食或住宿條件等。身為觀光業領頭羊的旅行同業，你們要端出怎樣的服務品質，才能滿足一夕致富的陸客呢？

在公務部門方面，對於業者互相殺價，是沒有節制力的，僅能希望業者不要殺雞取卵，血流成河。

再者；每一任縣長都是以觀光立縣為口號，觀光立縣是對的，但是，不是多蓋幾個紀念館或舉辦迎城隍廟會就可以吸引人潮的。畢竟；現代人們出去旅遊是想解除壓力，調整身心，吸收新知，促進良好的人際關係，而劣質的膳、宿及教條式的遊覽模式是無法滿足其需求的！況且；較多台灣人信奉的是媽祖不是城隍爺啊，你辦得再好的廟會活動，是無法吸引台灣人的。或許；可以當作一年一度金門人的宗教信仰大型活動，藉此讓旅居在外的金門人回鄉參拜，一來可延續優良的傳統美德，二來促進家人及親友的互動關係！

在公務部門可以做的是：幫忙（給予優惠修繕貸款利息）並鼓勵（或獎勵）改善其住宿條件，或利用金酒的資金蓋四星或五星級飯店，再租給飯店管理者去經營管理（OT案方式）有了好的飯店，才能招攬更多的觀光客。如果能在歐厝海邊蓋Villa，一定能吸引國內高端消費群及國外旅客。當然；如果公務部門利用各種利誘，仍無法吸引外資來金門投資，最後的選項就是觀光博弈，這是金門唯一的最終選擇。儘管衛道人士會用各種冠冕堂皇的理由來反對它，在理直氣壯的背後，所有在地人多知道，一直以來，在沒有其他夜生活的金門人，有多少人嗜好賭桌，留連賭場而不可自拔！

在公務部門，還有一件事情可以做的是：將舊軍營區BOT案方式給商人去開發，成立以戰地為特色的主題園區（內容可以有：軍中五項體能趣味戰技、砲操表演、漆彈野戰場、碉堡民宿、軍中餐宴、兒童遊憩區等等），既可以活用廢棄營區，又可以豐富旅遊行程，增加金門另一個賣點。更可以創造就業機會，一舉數得，何樂而不為呢？

另外；軍方可以做的是：開放最具代表性的『擎天廳』，讓旅客見證它的偉大，把好的東西分享給大眾。

對於擁有金門四分之一土地的國家公園，你們對金門的建設貢獻是有目共睹的，但對於一般百姓卻是不太受歡迎的，為什麼？因為立場不同，國家公園是要保有自然生態的發展、環境的周全保育、整修閩南式或中西合璧的番仔樓建築，期間，某些限制直接影響居民的生計或開發，所以當然不喜歡自己的土地被劃分為國家公園阿。因此；國家公園在規劃時，亦應把百姓的權利或利益優先考慮，這樣才能共創雙贏！

再者；要迎接台客或陸客的自由行，路標的製作（中英文）是第一步，培育外語導遊人員，亦是相關單位必須早做準備的。

個人以多年的經驗，帶領過無數團次，深知觀光客的需求是什麼，公務單位或其他相關單位（旅行業、飯店或購物站），大家想把金門的觀光業的品質加以提升，改進服務內容。其實，應該多聽聽導遊的意見、建言，不要固步自封、閉門造車。因為；在第一線服務客人的是導遊啊，導遊知道客人要的是什麼，不同的客群就會有不同的需求！總而言之；目前顧客比較在意的是：住宿條件、用餐品質、靜態行程及Night-Tour。或許；相關部門或業者在這些方面，還有很多可以改進的空間。

對於以上組合觀光的產業鏈，每一個組成份子，其實都有不同的盲點（或無奈）。再者，每一個組成份子亦因立場不同，觀點不同，角度不同，對金門的觀光產業發展，就有不同的意見和看法。但不可諱言的是，每一個組成份子都對金門的觀光產業發展，貢獻良多，才有今天觀光產業的成就！

綜合以上所論，要提升金門的觀光產業，當務之急對外是：旅行業者不要再殺得血流成河，公務部門協助業者向廈門組團社要求團費儘早給付。對內是改善住宿條件、用餐菜色及場地，在行程上原本是以觀景式的旅遊模式，改變為讓客人能做體驗式的旅遊模式，達到休閒解壓之功能與效益！

要讓金門的觀光產業發展更臻完善，其實每一位金門人都有責任，諸如環境衛生的維持，一顆熱誠的心，美麗的笑容及善良的待人。

再者；金門的觀光產業要永續經營，產品不斷的創新，是首要條件！比如就地區而言，小金門應全面規劃以單車為主的課題，諸如單車的使用、動線的規劃、沿途景點之講解、其他服務（車輛的保養或人員的基本需求等）。

若確立以觀光立縣，就要將金門酒廠的高粱酒所衍生的酒文化，加諸原有金門的閩南文化、僑鄉文化、戰地文化三大主題文化，成為金門第四個主題文化，爾後行銷金門就以這四大文化為主，讓全世界都能認識這具有特色的金門。

還有；在環保意識高漲、節能減碳、減少各種污染的聲浪中，應該將金門建造為一個無污染的島，全島皆以電動車為主，不再使用汽油車輛，才能達到零排碳、零污染。唯有如此，不但可以保有金門美麗的植被，自然生態亦得以保育完整，在行銷的課題上，一個無污染的島，也是一個賣點！

原載金門日報言論廣場

金門觀光資源與永續經營之阻礙

我在九月二十七日本報的《言論廣場》版面發表〈為金門旅遊市場把脈〉一文，在旅遊市場引起些許漣漪，因為，我感應到導遊、司機大哥們的回應，還有金門大學的學生把這篇文章剪下，細細詳讀，讓我備感溫馨，希望對觀光學系的學子們有所助益。至於其他相關單位是否有所反應，我們不得而知。但是，作為一個長期關心金門地區觀光發展的退休者而言，我仍然有些話要說，希望再激起些許漣漪，為金門的永續經營發展貢獻一己之力！

以一個約一百五十平方公里的金門，由三大主要單位共同管理（日漸式微的軍方、內政部營建署的國家公園管理處「八十四年成為第六座國家公園」及金門縣政府），這在國內是最特殊的一個縣，要發展金門地區的觀光產業，又必須牽動這三個單位，各個單位都有觀光資源或設施提供給觀光客使用。

金門地區因軍管政策的實施，導致社會整體之發展相當有限，原本戰地政務時期的嚴格管制與封閉，卻意外地為金門保存下極具特色的生態與文化，同時也使得當地保有純樸的民風，其獨特的風俗文化、典型閩式傳統民居聚落及優美的自然景觀。再加上隨處可見的戰役紀念物及戰備整建工事，造就了閩南文化、僑鄉文化、戰地文化三大文化特色。再加上將金門酒廠的高粱酒所衍生的酒香文化，與觀光結合，創造更高效益，也創造出獨特的高粱酒香文化，又可豐富金門的旅遊行程。近來全球高漲的生態保育觀念，使得低度開發的金門，成為少數碩果僅存的珍貴生態天堂，其得天獨厚兼具文化、生態等的發展特色，是金門觀光資源另一個更重要的自然保育生態文化，成為金門第五個主題文化。以一個蕞爾小島，能擁有得天獨厚的五大主題文化，是全世界唯一擁有這麼豐富的旅遊觀光資源了。

職是之故；金門在先天條件上，已經具備豐富的觀光資源了，而要如何行銷金門的觀光，並期望能永續經營，是現在及未來金門要發展觀光最重要的課題！

一般的旅遊阻礙可分為以下幾點：健康、家庭、經濟、交通、政治、戰爭、證照、天候／天災等因素。除了以上因素而無法前來旅遊，再者是金門本身提供的觀光資源之開發、建設與維護，觀光設施之興建、改善及為觀光旅客旅遊、食宿提供服務與便利之事業是否完善，將會直接關係著觀光事業的發展與永續經營。因此，將影響金門觀光永續發展的阻礙項目，整理如下：

一、具有僑鄉文化特色的水頭民俗村，是最能代表僑鄉文化建築特色及「落番」的辛酸血淚史。在整體的規劃上，相當完美，美中不足的是，一個豐富的觀光資源，竟然沒有設停車場，大型遊覽車隨意停靠馬路邊，不僅影響當地的交通，旅客的安全堪慮，對金門整體觀感也不佳。不知主管單位可曾看到雜亂無章的停車，還洋洋得意旅客的絡繹不絕。就像請朋友吃飯，做了豐盛的菜餚，卻不給椅子坐，你讓客人如何享受菜餚？當然；或許負責規劃者不是觀光管理學系的本科生，因為他不知道一個提供觀光遊憩設施者，停車場及旅客出入的動線也是最重要的課題之一。在一片檢討會議上，水頭村的停車問題，是否一再重提、討論、檢討、再討論、再檢討？

二、在戰地文化特色上，最具代表性的「擎天廳」應該開放，讓旅客見證它的偉大，還有翟山坑道與小金門的四維坑道屬性相同，在安全的規劃下，可以將這兩個坑道串聯，開放旅客自費搭船航行於這兩個坑道，並在坑道內部加裝音效效果，讓旅客去感受戰爭時砲彈聲的氛圍。一來開拓旅行社及導遊額外收益，二來增加金門旅遊的廣度及深度。

三、在金酒文化方面，可以參考埔里酒廠及南投酒廠的作法，將金酒與觀光結合，除了參觀高粱酒的製作過程，並開發以高粱酒為主的周邊產品，如：高粱面膜、高粱醉蛋、高粱冰棒、高粱酵素、高粱豆乾等等，藉多樣化的特色商品，滿足旅客喜歡嚐鮮及多元化旅遊的需求，同時創造更高的經濟效益。

一個過於安逸的生產、銷售單位，如果產品沒有適時創新，終將被取代或逐漸式微。金酒公司是否可以用大型玻璃櫥窗，讓旅客去了解製酒過程，再藉由讓旅客品嘗不同濃度的高粱酒，拉近客人與金酒的親近感。加上專業「酒」的解說文化，使其了解金門高粱酒的「純」與「真」，進而刺激買氣。長此以往；金門酒廠生產的高粱酒，將因源源不絕的人潮與口碑而名揚四海。

四、小金門應全面規劃以單車為主的客源，諸如單車的使用、動線的規劃、沿途景點之講解、其他服務（車輛的保養或人員的基本需求等）。小金門本身的景點與大金門的景點多有重複，四維坑道與翟山坑道屬性相同，湖井頭的瞭望大陸，馬山觀測所也是同樣景觀，將軍廟不如李光前將軍的壯烈犧牲有故事可談，八達樓了又處於交通要道，且僅是一座牌樓，烈女廟陸客不方便去，台客去也只進紅高粱（購物站）。因此；一些去過的旅客，對小金門的旅遊行程頗有微詞。而且還需要上、下船，島上的遊覽車又因價格過低，使用比大金門更老舊的遊覽車。所以；小金門應改變旅遊模式，讓單車馳騁在這個蕞薾小島。

五、為配合「自由行」旅客在金門旅遊時「行」的方便，政府應該建立多處電動車充電站，並提供電動車讓觀光客使用。

六、獅山砲陣地缺乏規劃停車場。

七、金門沒有四、五星飯店／渡假村進駐。

八、金門缺乏具有代表地區菜餚的餐廳，或是特殊建築的餐廳。目前金門的幾家特色餐廳，不是場地擁擠就是太雜亂。

九、路標不夠明確。（可以考慮像台北馬偕醫院在地板畫顏色線，讓旅客循色系，走向每個旅客要去的方向）

十、缺乏英文或其他外文導遊。

十一、購物點太多，消耗太多時間在購物上。

十二、金門自開放至今都沒有Night-tour的規劃。Night-tour的規劃其實是可以將金門特有閩南文化內涵的（如廈門的閩南神韻）、或娛樂性CASINO、或引進原住民歌舞的、或美食小吃街等等創意特色，讓旅客親身體會不同的夜生活。

十三、應再研發小金門的芋頭附加產品，如芋頭冰、芋頭餅、芋頭菜餚、芋頭小吃等等產品。

十四、遊覽車車齡過老，車況太差。

十五、民俗村內的清潔度不夠，蒼蠅太多。

十六、水頭碼頭的出關或入關的迴旋場地過於狹小，座位太少。

十七、尚義機場與水頭碼頭應設觀光巴士出發站，配合航／船班以滿足旅客需求。初期可以兩班船班或航班開一個班次，費用可以收高一點的費用。俟旅客增加後再考量每船班或航班開固定班車。

以上所提需要改進的內容，或許；有關單位都已在做了，只是作業流程似乎可以加快速度了。

原載金門日報言論廣場

天之涯與海之濱

孤墳　棄堡　宮廟　老樹　金酒　聚落　閩南人在天之涯
傳統　愚孝　守舊　鄉愿　逐顏　迷信　河洛人在海之濱

金門遍地都有孤墳野塚，當年埋在自己的田埂上，護衛著祖產；可如今已有富麗堂皇集中的處所了（靈骨塔），何忍祖先再受風吹、雨淋、日照之苦呢？何忍讓其孤單於荒郊野外呢？對自己故鄉的發展亦有所不宜啊！

金門長期受軍方統治，昔日的十萬大軍，如今未滿萬人，於是廢棄碉堡比比皆是，或草長閒牛，或屋破牆倒，或野狗橫行，或鼠輩肆虐，再活化再利用之法條，仍然要遵循台北政府，久矣。

金門（含小金門）約有五百五十間大小不一的宮廟，以約一百五十平方公里的蕞爾小島，其密度在華人世界裡是最高的，宮廟林立象徵著金門人沒有一個中心宗教信仰。

金門百年老樹，將原本寸草不生、塵土飛揚、萬物不長的海島，藉老樹之庇蔭而豐富了島上的綠化，綠色的植被將金門的生態造就美麗的香格里拉。

金門高粱酒揚名立萬已一甲子了，享譽海內外於白酒之林，造福金門地區的經濟發展，使金門在中國人（含兩岸）的社會裡是福利最好的縣民。

金門的聚落原先是以單姓宗親為主的群聚而居，宗親凝聚的村落散於金門各個角落，以閩南建築、番仔厝（樓）或新建樓房、或現代透天厝分佈於全島。

泉州系的閩南人生活在遠離政權（南京、北京、台北）核心於千里之外的南方海島。海盜、倭寇、戰爭一再摧殘、肆虐、流離於天之涯的金門。

居住在金門的人，一直保有中國儒家的傳統思維，縱使已進入科學、資訊極度發展的新時代，金門人仍困囿於傳統的窠臼。

金門人的天一直以來都是女人在撐起這片天，於是由媳婦熬成婆之後，兒子媳婦，唯命是從，不問對錯與是非，不問是否合時宜，只要是長輩說的就對，因體諒母親的生長過程過於艱辛，寧願做一個愚孝之人。

住在金門的鄉親永遠守著古老的規矩，違反規矩者被視為不孝、不尊敬祖先、不重視倫理道德，無怨無悔永遠守著不合時宜的守舊思維。

子曰：「鄉愿，德之賊也。」外貌忠厚老實，討人喜歡，實際上卻不能明辨是非的人。只知道一味的討別人歡心就好，但實際上什麼是對什麼是錯都不重要，沒有自己的想法，看起來對人都很好，有點像「濫好人」。

金門人重視顏面、好面子、愛比較、受鄉里鄉親的三姑六婆們的閒言閒語的影響、大部分生活在為別人而活的世界裡。生活在傳統聚落的鄉親們大至蓋房子、小至孩子的補習，每一個人生活都是為了「面子」，輸人不輸陣，怕輸了面子。

人類已進入二十一世紀，科學已探究整個宇宙的奧秘、萬物的演變、天災的探討瞭若指掌了，生活在金門的人，還處在徬徨、躑躅、恍惚的氛圍之中，是中華民族的道統禮教如緊箍咒地將金門人牢牢拴住，才會讓金門人無知的迷信於怪、力、亂、神之說。來自中原的島民擁抱著傳統的束縛、抱殘守闕、好面子、極度迷信的河洛人，生活在海之濱的島上。

原載金門日報副刊

金門人的天

金門人的天是浩瀚無邊無際的，因為金門人大部分分散在台灣及東南亞各地，少部分人在中國大陸奮鬥，所以，地球上的金門人頭頂著的天是蒼茫無際的，既然生生世世面對這淵淵其深、浩浩其大的宇宙，自然會孕育出金門人寬廣的心胸。而金門人的傳統思維，亦來自悠悠歲月先人智慧的積累。

金門人既然得天獨厚，但是，住在這個蕞爾小島的居民們，是否有寬廣的胸懷？是否懷有仁民愛物的心？是否有悲天憫人的慈悲？在金門宗親的長輩裡看不到現實的社會帶給子孫的壓力，因為長者長時間生活在鄉里鄉村裡，根深蒂固的思想觀念，家族的面子比什麼都重要，因此；子孫因急用資金而需要去賣土地以應急，在家族長老者視為不孝，是不可以的，是敗家子的。年長者只顧著自己家族的面子，卻用不孝的大帽子壓著孩子，後來這兩個孩子跟我說：我怎麼這麼倒楣生為金門人，我恨死你們金門人了，聞言無語。這兩個孩子都在台灣成長，未曾回來金門，金門對他們來說是陌生的，所以他們是不會回來的。荒廢的土地與老舊矮房屋將持續保持現狀，十年、五十年之後，雜草更高，片瓦不存；這就是金門人愛面子的後果，屆時，上述的土地與房屋將嚴重影響金門爾後的整體發展。或許，長老者住在福利最好的金門，不知道在台灣生活是非常艱苦的。您們顧著了毫無意義的所謂面子，卻給孩子們殘酷的無奈啊！這是金門人的胸懷嗎？還是有識之士都被長者所綁架了？死鎖傳統思維終將鎖死金門的發展。

再者；豪華的殯葬儀式的排場與陣仗，每周都在市區上演，君不見現在金門人「走」的時候，其排場與陣仗，一家比一家更豪華、更講排場、送殯儀式更冗長，逝者已矣，再豪華的排場對逝者有什麼意義呢？這就是愛比較，就是要面子，這個面子浪費了多少的資源？花費多少的金錢換得毫無意義的面子？上個月某天筆者帶團在總兵署前，看到送殯隊伍經過，有一台灣旅客問我他們在做什麼，我說是送殯者在遊街，她說我還以為在拜拜呢？接著她又說：你們金門人這種排場很特別，好像在辦喜事，吸引很多路人在看熱鬧，沒有一絲哀戚的氛圍，這點跟我們台灣不同。我跟她解釋說：我們金門人互相都會比較誰家的排場大，排場越大表示越有身分地位，越有面子，家族越有光彩，如果太寒酸會被鄉里鄉村的人指指點點、說三道四，什麼不孝啦、了然啦（閩南語）。我接著說因為我們金門的福利好、閒人太多、閒話也多，不像生活在台灣的百姓，每天都在為三餐打拚，哪還有空閒去管隔壁老王他媽媽要嫁給誰？可是金門長輩太重視傳統，自以為擁抱著是千年道統，是聖旨，是不可侵犯的規矩，不可忤逆的法條；宗親的面子，家族的面子遠超越個人的得失榮辱，傳統的思維，牢牢將金門人圈囿在如井之天，自詡大儒朱熹的傳人，金門人不是該懷有仁民愛物的心嗎？是否應有悲天憫人的慈悲？

金門曾受大儒朱熹渡海來金講學，自此金門文風鼎盛，人才輩出，有「海濱鄒魯」的美譽。但儒家思想讓金門人根深蒂固，男尊ㄠ卑，囿於傳統，頑固不化，坐井觀天，抱殘守缺，朱老地下有知，全球華人唯金門人還緊緊抱住千年道統，迷信鬼神於傳說，以豐盛的祭品祭拜祖先或不可知的茫茫冥界，求取家庭成員的平安、健康與財富，朱老是否悔傳儒家思想給浯洲子民？是否心痛浯洲子民的無知？是可憐還是可悲？或者您忘記告誡子孫，凡人世事，當因人制法、因地制宜、因天制順、因時制變啊！

明天日頭依舊升起，上述的戲碼照樣上演，公祭依然冠蓋雲集，以銀子築起的面子，讓逝者不瞑目，讓生者風光之後，得到了什麼？逝者已矣，生者何用？金門人的天依舊如井之天，明天，我們能期待那個毫無意義的面子讓子孫過怎樣的生活？

原載金門日報言論廣場

金門人的面子

金門人，是指目前住在金門的所有鄉親，與住在地球上所有的中國人，金門這個蕞爾小島上的子民，卻意外地承受了中華民族千年的儒家道統；重視顏面、好面子、愛比較、受鄉里鄉親的三姑六婆們的閒言閒語的影響、大部分生活在為別人而活的世界裡。生活在傳統聚落的金門人，鄉親們相互都在做比較，大至蓋房子、小至孩子的補習，每一個人生活都是為了「面子」，尤其年長者，在村里凡事都要比較，輸人不輸陣，怕輸了面子。我們這一代要做承先的工程裡，承受了極大的壓力，筆者舉出比較嚴重的三大問題，這些問題都直接或間接影響金門未來的發展。

第一個問題是上一代的長者，因為長時間生活在鄉里鄉村裡，根深蒂固的思想觀念，家族的面子比什麼都重要，因此；子孫因急用資金而需要去賣土地以應急，在家族長老者視為不孝，是不可以的。筆者有親戚在民國38年後遷至台灣，上一代已仙逝，這一代的男主人最近因病過世，留下妻子與兩個兒子，男主人一生執教兩袖清風，兩個兒子成家立業後需要購買房子，提出申請優惠貸款或補助，然因其名下在金門尚有多筆土地及老舊房屋，而無法取得該項貸款，且每年還要繳交土地稅，兩個兒子希望變賣其中土地以籌購屋資金，此舉卻遭家族長老強烈的反對而作罷。雖然；多筆土地及老舊房屋是兩個孩子的名字，卻無法于與動用，結果是孩子的壓力過大，造成大兒子因公司強迫休無薪假而繳不出房貸，經濟壓力影響夫妻感情，最終以離婚收場。價值上千萬的多筆土地及老舊房屋，荒廢的土地及瓦破牆倒的老舊房屋，持有者無權利用之，且須持續自己繳交土地稅。年長者只顧著自己家族的面子，卻用不孝的大帽子壓著孩子，後來這兩個孩子跟我說：我怎麼這麼倒楣生為金門人，我恨死你們金門人了，聞言無語。我不知道在金門的長老者，如果有一天你的子孫在外面打拼時需要變賣自己的土地以應急，您們是要顧著您們的面子，還是晚輩的需求？或許；長老者住在福利最好的金門，不知道在台灣生活是非常艱苦的。您們顧著了毫無意義的所謂面子，卻給孩子們殘酷的無奈啊！

第二個問題是散落在四處的祖先們的墳墓，孤單地在金門各個角落，既影響美觀，更使土地的開發困難重重，上一代的長老者為何不招集家族成員，商量如何把所有的祖先孤墳集中放在廟中，或公家的靈骨塔裡，一來每年清明節不需要讓子孫東奔西跑，二來放在廟中或靈骨塔裡，每天都有人在焚香膜拜，對祖先的靈魂有所寄託，最後；更有助於金門這塊土地的開發及整體的美觀。當然，如果政府相關單位能再給予某種程度的補貼或協助，讓這個問題能早點處裡好，或許這也是上一代最重要，也是最後讓子孫緬懷的事了。

第三個問題是：目前絕大部分百姓仍然使用土葬，以金門這個蕞爾小島，約四分之一是國家公園所有、約四分之一是軍方所有，剩下的可用的土地不多了，若百姓觀念不改變，到時將死無葬身之處！再者；殯葬儀式的排場與陣仗，君不見現在金門人「走」的時候，其排場與陣仗，一家比一家更豪華、更講排場、送殯儀式更冗長，逝者已矣，再豪華的排場對逝者有什麼意義呢？這就是愛比較，就是要面子，這個面子浪費了多少的資源？上個月某天筆者帶團在總兵署前，看到送殯隊伍經過，有一台灣旅客問我他們在做什麼，我說是送殯者在遊街，她說我還以為在拜拜呢？接著她又說：你們金門人這種排場很特別，好像在辦喜事，吸引很多路人在看熱鬧，沒有一絲哀戚的氛圍，這點跟我們台灣不同。我跟她解釋說：我們金門人互相都會比較誰家的排場大，排場越大表示越有身分地位，越有面子，家族越有光彩，如果太寒酸會被鄉里鄉村的人指指點點、說三道四，什麼不孝啦、了然啦（閩南語）。我接著說因為我們金門的福利好、閒人太多、閒話也多，不像生活在台灣的百姓，每天都在為三餐打拼，哪還有空閒去管隔壁老王她媽媽要嫁給誰？

聽說之前有一個住在沙美的先生，她母親「走」時，他在報上刊登謝絕一切花環祭品，他說他母親臨終遺言交代三件事：（一）不需要客人來上香時表演「哭爸哭母」（閩南語）；（二）不要穿黑色衣服（可隨意穿不用刻意）；（三）丁與火葬，之後不需要另外辦桌請客，把省下的錢捐給慈善單位做功德。多偉大的母親，您是我們金門人的驕傲，可惜我沒看到這篇訃聞，不然我一定向您磕頭祭拜您，感謝您讓我看到金門人的希望！

公務部門其實可以比照鼓勵百姓在婚宴時，若能準時開席則贈送高粱酒，以引導大家有守時觀念，這有利導作用，可做為全國楷模。相同的在第二、三個問題上，公務部門可以再以利導作用將問題解決，鼓勵將散落各地的孤墳集中，對政府在開發建設絕對是有幫助的；而在第三個問題上，公務部門應鼓勵並獎勵百姓火化，儀式著重在莊嚴簡約，並透過各種管道，以環保的觀念、節約能源角度，一再宣導或不時舉辦以園遊會的方式或以問題抽獎等文宣活動，亦可透過佛道教在人們心中的信仰，宣揚火葬的優點；若能長此以往，終有一天，金門將有更多的綠地，讓我們的子子孫孫可以生活在藍天綠地之中。

鄉親們，為了我們後代子孫生活的品質，請屏除個人的面子，不要再固守不合時宜的傳統，請把小愛化為大愛，讓我們共同維護這塊土地吧！

雖說每一個人活著都有承先啟後的責任，但不是把傳統的思維、規矩、法度、習俗等毫無保留傳給下一代。現在是四、五、六年級生要承接一、二、三年級生的道統，再傳給七、八、九年級生的時代；這個年代的承先啟後的工程，是一個上有壓力、下有抗力的尷尬。

人類的文明自蠻荒的無知，經過數千年的演進，生活在這個地球上的人類，透過文字、語言的溝通，不同族群的互動、激盪、貢獻，造就了今天輝煌的成果。而在演化的過程，每一代都能去蕪存菁，才有今天高度的文明生活。

我們應該要有智慧去分辨如何去蕪存菁，在承接工程裡，我們應該不要再把無知的包袱傳給下一代，讓他們的生活比我們好，讓這個地球的環境不要再受破壞。

孝順是我們中國人驕傲的美德，但不是每件事、每一種規矩、每一個傳統的習俗都要順著自己的父母或祖父母，一些不合時宜或對這個環境是有害的道統，我們這一代的人們不應該再盲目去順從，去作個愚孝的孝子。如果要讓我們的下一代過得更健康、更幸福、更自在的話，請不要給他們太多的枷鎖，畢竟；在未來的年代，我們的子子孫孫要在這個弱肉強食的叢林裡生存，是非常競爭與艱苦的！

原載金門日報言論廣場

金門人的包袱

我生長於金門，創業於台北，目前又回到家鄉。這半年來，看到了自己家鄉的一切一切，有太多太多的感觸；將屆花甲之年的我，在台灣的期間，我看到了大多數的台灣人，除了有勤奮耐勞的精神，最重要的是，他們會去接受新的知識、新的事務，並且創造出台灣經濟奇蹟。

回頭看看金門人，妳在時代的巨輪變遷中，學到了什麼？得到了什麼？改變了什麼？勤儉也曾是我們金門人的傳統美德，從先民的「落番」血淚奮鬥史，到後期在台灣的打拚，金門人在南洋、在台灣都闖出了個人的一片天。可是在金門的在地人們，除了勤儉，你們是否會隨著時代的改變而改變一些新的思維呢？你們有寬闊的心胸去包容新的知識、新的事物嗎？

生為金門人，先談無奈的包袱，當國家需要你的時候，金門人無條件奉獻了土地、青春、自由民主，等到不需要你了，還給了你的自由民主，卻要你一切得依台灣的法律，這一切一切都是為了國家，這個帽子太沉重了，生為金門人，這是不是無奈的包袱？

再者：當金門人的媳婦，心底無奈的包袱有：一是公婆都很長壽，一是金門拜拜太多了；前者公婆的傳統思維嚴重影響婆媳的相處及後代的教育問題，後者拜拜過多要準備的食材也要很多，除了花費，最重要的是拜後的食物沒人消化，一些食材到最後都要倒掉，浪費至鉅。而且；焚燒金紙的數量可以說是冠於全國，在台灣地區的人們都已經知道焚燒金紙是不利自然環境的，對人體是有毒的，可生為金門長者，一定要遵循古禮，他們不在乎這個地球的環保問題，他們也不在乎對自己的身體是否造成傷害，尤其在每年農曆七月的普渡，一車一車的金紙焚燒給兄弟，火焰衝天，照亮半片天，長老說這是傳統、這是尊敬過亡者；那麼，生在台灣地區的同胞們，如果沒有焚燒金紙給兄弟，他們就沒遵循禮教、就沒尊敬過亡者？如果說這是傳統禮教，要我們金門人來承受是否太沈重了？這個包袱長老可以說是傳統，那麼，年輕一輩的金門人，為什麼沒人敢站出來呼籲？我們不要焚燒金紙，為了這個地球，也為了自己的身體。這是傳統包袱的可憐，可憐生為金門人的鄉愿、盲從。一些傳統的禮數如果不符合現代的需求，現代的金門人應該要有勇氣說不，或者應該敞開心胸接納新的知識，共同為這個地球盡一點心力，做好每一個人的本份，將這個美麗的環境留給我們的子孫。這才是愛子孫最好的方式，或許有一些人會認為違反祖宗留下來的傳統，會用各種冠冕堂皇的理由來指正你，這些囿於傳統的無知與癡迷，正是我們生為金門人的包袱啊！

一個地區或國家的發展，最忌諱故步自封，為了地區的發展，也為了每一個人的健康及共同維護地球的環保觀念，生為金門人，請打開心胸來迎接新的事物，不要讓舊的包袱把我們困囿了，而影響我們的成長；讓我們共同為後代子孫保有一個美好的生存空間和優質的環境！

原載金門日報言論廣場

金門人的無奈

我在三月十三日曾寫了一篇〈金門人的包袱〉刊登於金門日報，沒想到引起了極大的迴響，這三個禮拜我帶團奔波於大小金門各風景點或餐廳旅館，新一代的金門媳婦，不管她來自何處，很感謝我的直言，並跟我訴說每一個家庭難念的經，一本本難念的經書內容竟然都是來自「金門人的拜拜太多了」，除了無奈還有諸多對自己老公的微詞，無奈的是來自年長的婆婆傳統的思維，不能諒解的是身為兒子的老公，對於自己母親的一些不合現代的思維與作法，竟然默默承受，不敢忤逆父母的意見，不是說金門的男人很大一部分是軍、公、教人士嗎？那麼；他們不都是受過高等教育的人嗎？不說地球的環保概念，這個太沉重了，當自己的老婆準備了少則六碗多則二十四碗菜餚拜拜後，是誰在消化這些菜餚，過餐後要倒掉說是在浪費，不倒掉是誰要負責吃完呢？金門的媳婦們在質疑是誰在引領縣政邁向新世紀？是誰在經營管理這個社會？是誰在服務金門縣民的呢？在道貌岸然、西裝革履的背後，金門的男人讓金門的媳婦有諸多的（尤其是台籍或外籍的），是埋怨、是不屑、是後悔，更多的是無奈。聽了她們的訴說，我有太多太多的感觸，身為金門知識份子的我，到底能為她們做些什麼？這裡頭也有我的老婆、我的女兒（已嫁作人妻），傳統的枷到底要被鎖到什麼時候？

回頭看看金門這個蕞爾小島，先民的「落番」血淚奮鬥史，演繹者都是男人，金門的女人必須隻身撐起金門的天，自然造就金門女人必須自立自強，舉凡家庭經濟、侍奉公婆、養育下一代等種種重擔都得由金門媳婦毫無怨言的承受。當男人在演繹著「落番」血淚史時，金門的女人也同時在演繹著「撐起一片天」的血淚史。於是這歷史的共業造就了金門女人的強悍、有擔當、果斷、堅忍、耐勞、自信！民國三十八年，國共在金門上演一齣慘烈的戰爭，奠定了今天分治的局面，也讓金門這個缺乏生存資源的海島，推向內戰的舞台，金門的男人又必須與國軍共同承當保鄉衛國的重責大任，金門的媳婦又要繼續扮演又一部的「撐起一片天」的血淚史。金門女人又延續先人的強悍、有擔當、果斷、堅忍、耐勞、自信。周而復始的演繹著中國婦女漫長的道統，使這個傳統的枷鎖牢牢地拴緊著每一代的婦女的思維上。

金門媳婦在演繹「撐起一片天」時，在物資匱乏的年代，她們真正是用血與淚艱苦的演出，她們彼此之間沒有太多的閒暇時間去說三道四、去做比較；當人們有了豐衣足食的年代，原先在演繹「撐起一片天」的媳婦，熬成婆婆了，除了要媳婦繼續遵守傳統的規範，更重要的是在鄉里開始有了更多的時間聚在一起，從隔壁老王的年輕大陸新娘聊起，要嘛再不久就會去討客兄，要嘛就是拿到身分證就走人，再聊到誰家又再蓋新房，那個土地不是很乾淨啦，要不就是誰家拜拜用的金紙是買台製的（大陸的品質差），再比誰家的金紙買得最多，當得知誰家又去哪裡拜拜了，用了多少碗的祭品，輸人不輸陣。當台灣人每一個人都在關心油電及民生物品漲價的幅度時，同樣都是三姑六婆的婆婆媽媽們，因為金門地區的福利好，他們不會在意，他們比較關心的是哪位王爺生日或祖先的忌日須要準備多少種（碗）的祭品、燒多少金紙才有誠意；到最後的祭品吃不完再倒掉，被祭者之王爺或祖先地下有知，或許祂們會說暴殄天物啊。

當我得到許許多多的讚聲時，有一個台灣嫁過來的媳婦反應最激烈，她說，早知道你們金門拜拜那麼多，你們金門的男人又無三小路用（盲從長輩的傳統），打死我都不會嫁給你們金門人；聞言我無言以對，我相信她說出很多媳婦的心聲，但她不知道金門的男人在傳統的世俗裡是「天」，當金門女人苦撐打拚時，自己的先生最能體會自己母親的辛苦，所以長大之後對於母親的一些行為或思維，大多能諒解，並給予支持。只是；孝順父母的同時，不要忽略了自己太太的感受，因為，外來的媳婦如果嫁給軍公教所謂的高級知識份子，她們一定會質疑，如果連高級知識份子都在盡所謂的愚孝，明知整個地球的環保工作對後代子孫的重要，明知全世界華人拜拜最多的是我們金門人，金紙燒最多的是我們金門人，原本金門地區的上空就有來自福建沿海的工業污染源，再加上自己燒金紙的汙染，空氣品質已嚴重在威脅每一個人，我們的飲用水當然一樣是被汙染的，再說過多的祭品一再過餐使用，食用者的健康何在？要倒掉又覺得浪費，有人說因為金門人的福利好，沒差啦。如果在道貌盎然、西裝革履的背後，金門的男人都無法試圖改變金門現況，仍然由金門的傳統在撐起一片天，那麼；外來的媳婦依然在夜深人靜、午夜夢迴之際將內心的惆悵、無奈與淚水吞向無邊的深淵。

那些引領金門走向未來希望的道貌岸然、西裝革履們，你們在夜深人靜、午夜夢迴時，或許會說：媽年紀大了、再拜沒幾年了、這是我們金門人優良的傳統、我們要飲水思源、再忍一下吧、這是她老人家的寄託啊、她看別人都在拜了、隔壁九嬸婆買的金紙比我們還多啊、拜拜也不是什麼壞事啊、祂可以保佑我們全家等等話語。所以說金門的媳婦很無奈，先生也很無奈（來自長輩的壓力），福利太好也很無奈，金門的子女也很無奈（他們也要幫忙準備拜拜的物品，也要幫忙消化過多的食物），空氣與水也很無奈（自己製造更多的汙染源），金門的神（是佛道教）及祖先也很無奈（每次都準備那麼多的食物祂們不一定消化得了的），鄉里的三姑六婆也很無奈，大家都在比，每一個人都在怕拜得比人家少（面子）。太多太多的無奈，困囿著整個金門島，無奈啊！

最後，我想起一個金門媳婦跟我說了一句：三姑六婆別講了，我再接著：閒言閒語停不了，張家比完比王家，比來比去何時了；自家生活自家了，休羨人家中頭獎；福利太好人閒了，只有拜拜閒不了，燒的金紙紅火了，金紙還要台灣好；傳統禮教延續了，無奈金門無奈島；若使阿門聖母來，心境自當安寧了，可惜千年道統在，無可奈何金門人！

原載金門日報言論廣場

金門人的服務精神

金門每一位縣長都說要以觀光來立縣，也就是說金門的發展是要靠觀光產業，而觀光產業最重要的是「人」的服務。換言之，觀光產業就是服務業，既然是服務業，當然是要講究服務精神與服務態度，金門開放觀光將屆滿二十年，觀光產業的經營由萌芽以啟茁壯，二十年來金門的商家在面對觀光客時，服務人員的服務精神與態度，是否到位？在夜深人靜之際，商家的管理階層及現場第一線服務人員，捫心自問，如果你是觀光客，你滿意今天的服務嗎？筆者帶團時客人說金門服務最好的是某家免稅店的服務，其他的都還有很多的成長空間。

八月中，三位來自台灣自由行的女遊客，天氣熱，在翟山坑道福利社吃冰棒，筆者正好帶客人進去買冰，遊客看我配戴導遊證，就問我金門有哪些好玩好看的景點，三位美女在前，我當然欣然回答。之後，她們問我是金門人嗎，我說是，她們說我很熱誠，不像今天早上她們在金城某家廣東粥「受氣」，她們住金門最好的金沙大地飯店，吃了早餐，出發前有作功課，在網路上找好吃的，於是，找到了網路上介紹在金城的某某廣東粥，因為已吃了早餐，她們想說不要太浪費，三個人叫兩碗品嘗一下口味就可以了，可老闆說不行，態度堅決，沒笑容，她們只好叫三碗，可她們在意的是，那個老闆一邊煮還不停的唸，怕他把口沫噴在廣東粥裡啊，她們說簡直是去「受氣」嘛。

再者，金門的導遊都曾碰到的是燒餅的困擾，筆者在八月十四日帶台客進街上作市區觀光，在街上經過燒餅的店，我介紹金門的特色燒餅，老闆看客人在店內的燒餅，不等客人開口，他馬上說：這不賣的，別人昨天定的，你們要訂明天再來拿，客人說那我們定五十個鹹的，老闆說：不行全部都一樣的，要甜鹹一半一半，客人只好配合，後來客人要求可不可外送，老闆說：我們沒有在外送的。態度堅決、嚴肅、沒笑容。

九月八日銘傳大學觀光學院院長來金授課，課暇之餘，聊到金門飯店的服務品質，他說：銘傳自民國九十二年就進入金門，開設多系的研究所班，開學後每周都會派教授來金門教書，因為需要過夜，就跟金城某家飯店簽約，由於，進出幾次後，對於該飯店服務人員的態度上有很多可以成長的空間；某天巧遇該飯店主管，我跟他說我們可以安排教授免費幫你們業者上上課，交換一下飯店現場服務人員的服務精神與態度，沒想到該主管說：可以啊，但要看縣政府有沒有補助，我說我們銘傳可以免費的阿，他說你們是免費的，但我們的員工如果去聽課，我就必須找人來代班，那這樣我們不是要雙重付薪資，所以就看縣政府要不要補助薪資。聞言，我無言以對，幫你們訓練員工，是要讓你們的飯店服務更好，未來生意更好，跟縣政府什麼關係？你們金門的商人太依賴政府了，再說，在國內很少像金門縣政府這麼努力，這麼用心在推廣地方的觀光旅遊，可你們民間如果不會自立自強，一心要依靠政府、依賴政府，對於整個地方的觀光產業要去推展、擴大，真是緣木求魚啊。

以上三例，台灣人都說你們金門人做生意太搖擺（閩南語）了，現在台灣有多少人找不到工作，大環境非常差，你們金門人真是生活在幸福的國度裡，還不懂得珍惜，不知道現在在台灣生活是非常艱苦的。

再者，現在網路的無遠弗屆，讓人見識到它的威力，一般旅客已經習慣在出門前先上網收集當地的資訊，於是，一窩蜂的相信網路上的資訊，換來一次次的失望、拿錢買氣受，也對金門的觀光產業留下很惡劣的印象。當然，金門的廣東粥與燒餅所引起的困擾，的確讓金門的導遊們無限的無奈與痛恨。因為，現在由於市場的競價，導遊還有購物的壓力，客人又要相信網路的推薦，金門的業者又那麼搖擺（閩南語），置身期間，導遊不知該如何是好？所以曾有導遊說：拜託客人不要在盲從了，拜託所有導遊，今後在車上不要再介紹廣東粥與燒餅了，也要拜託有心人趕快加入戰局，或者有關單位可以管一管吧。

政府一直很努力的在推銷金門的觀光，如果一般商家都用冷酷的口吻與態度，觀光客回去後把這一切PO在網路上，對金門的觀光業絕對是不利的。還有，不要以為花可以百日紅，天有百日晴，如果，再有多家競爭，或許，觀光客會因為你的服務欠佳，不再上門光顧，到時，現在搖擺（閩南語）的商家，終有一天會被取代的。況且，現在台灣景氣非常不好，如果有台灣人進入金門這個市場，以目前金門人的服務精神與態度，終將被淘汰的。或許是現在金門的福利太好了，所以不會懂得珍惜，也或許不在乎生意好壞，反正不愁沒飯吃。但如果你要開店，你必須真誠的面對顧客，因為，你的行為將直接影響旅客對金門的觀感。

筆者從事服務業將屆三十年，也帶了一千多團了，深知要成為一個盡責、出色的服務人員，必須具備以下基本要件，這些服務的內涵，希望對服務人員在服務時有所助益。

一、要有愉悅的心情：才能有發自內心的微笑，每天保持愉悅的心情，在上班之前應該調整好自己的心境，讓自己以輕鬆愉快的心情去渡過每一天，在工作中，能夠永遠保持微笑，這個微笑是要發自內心的愉悅心境的，真誠的微笑將令你有意想不到的收穫。長此以往，你將積累美麗多姿的人生。

二、建立自信心：肯定自我，每天在浴室面對鏡子時，要對鏡中的你，告訴自己今天很美、很帥，要相信自己有能力去面對任何考驗，對自己要有信心，才能得到別人的信任。在工作上的自信，來自於你對本身的工作內容是否有真正了解、孰悉並熱愛這份工作。當然事先的準備工作，也是很重要的。有了事前的準備工作，對於你的產品就有信心啊。

三、培養良好的人際關係：真心與關心周圍的親友，生活在這個弱肉強食、錯綜複雜的人際關係的社會裡，做好與人相處，建立與他人的溝通，培養好的人際關係，才能讓你在職場上得意，並能豐富你的生活。如何培養良好的人際關係，最重要的是：主動的去關心他人，讚美他人，幫助他人，真誠的對待他人。

四、尊重：尊重自己、尊重他人，每一個人都先要學會自己尊重自己，再去尊重他人，你會懂得尊重自己，愛惜自己，自然會得到他人尊重我們。當我們在服務客人時，你懂得尊重他，對方自然滿意於你的服務，你誠心的推薦產品，他會被感動而購買你的產品的。

五、充實內涵：積累文化素養，每天至少要看一份報紙，才能了解現在社會的動向，大至國家大事，小至隔壁老王他媽媽要嫁給誰了，這樣的養份吸收，你才可以與別人聊天，才能融入這個社群。如果能每月看一本書，任何書籍，自己喜歡的領域的書籍，慢慢積累自己的內涵，有了札實的文化素養，在與人應對時，彬彬有禮，應對得宜；在知書達禮之後，自然會讓你在職場上受人尊重，你的生活更加精采。有了豐富的內涵，就能改變你的氣質。

要從事觀光行業，以上五點是最基本的功夫，正在從事或未來將要投入觀光行業的後進，請務必練好基本功，俟明年台開與昇恆昌兩家賣場的正式營業，最少需要一千名基層員工或幹部，在全球不景氣之際，對於金門人的就業是很有幫助的。不要再讓外人說金門人的服務跟大陸人是一樣的冷漠、無笑容。

金門人或許是長期被軍管，又生活在缺乏資源的小海島，為了養活一家老小，必須日以繼夜不停的工作，求生的艱難，再加上必須承受砲彈的威脅，長期的種種壓力，無處排解，造成金門人的臉上看不到微笑，但七年級以後並沒有什麼壓力啊，其實你們應該在日常生活中多帶點笑容，讓金門處處充滿微笑、幸福，讓每一個人的日子都過得愉悅且燦爛啊！

千里之行，始於足下。生長在這個坎坷多舛的海島，未來將主導金門走向更幸福的年輕人，應敞開胸懷，躬身自省，拋開傳統束縛，知天樂命，仁人愛物，改變外人對金門人既有的傳統思維，襟懷豁然開朗，處世光明磊落，則金門必有光輝、燦爛的遠景。

原載金門日報言論廣場

金門媳婦的悲歌

悲者，不幸、心痛、苦且酸也。
歌者，歌頌、表彰、揚其善也。

金門的媳婦與婆婆，主宰金門每一個家庭的教育、經濟、祭祀等家中瑣事，有些家庭的媳婦或婆婆還須上山耕種、下海討生活，媳婦與婆婆代代相傳，將金門的天撐過百年，造就多少英雄豪傑、多少知書達禮的子弟，金門的女人無怨無悔的付出，鍛造出金門人對生命的韌性，以無比的勇氣與毅力承當了海島巨大的憂患和困厄，以莊嚴不屈的生命之力向天命挑戰，乃致堅定的走向康莊大道，創造金門人的和諧與安定。在這命運多舛的蕞爾小島，大地淒迷，風雨如晦的年代，金門的女人由知天樂命，再去求制天命以創造新的生命，這是何其偉大的情操，生為金門人，我們應該歌頌其德，千秋萬世！或許；身為兒女們感念母親的偉大，祖母的犧牲奉獻，才有今天的安逸生活。因此；兒女們惟母親或祖母之命是從，不問對錯與是非，不問是否合時宜，只要是長輩說的就對，因體諒母親的生長過程過於艱辛，寧願做一個愚孝之人。但是；時代在改變，而居住在金門的女人，由於金門人的重男輕女觀念，金門的女人根本沒機會接受高等教育，於是，金門的女人永遠相信，中國儒家的傳統思維是對的，是至高無上的，縱使人類已進入二十一世紀，先進的科學已探究整個宇宙的奧秘、萬物的演變、天災的探討、預測等資訊瞭若指掌了，生活在金門的人，還處在徬徨、躑躅、恍惚、冥濛的氛圍之中，是中華民族的道統禮教如緊箍咒地將金門女人牢牢拴住，才會讓金門女人無知的迷信於怪、力、亂、神之說，且寧願永遠困囿在傳統的窠臼之中。

金門的女人永遠守著古老的規矩，違反規矩者被視為不孝、不尊敬祖先、不重視倫理道德，無怨無悔永遠守著不合時宜的守舊思維。並將這些不合時宜的守舊思維要強加在現代的媳婦身上，造成現在在金門的媳婦的困擾與無奈；最終；金門媳婦與婆婆之間的間隙越來越大，隔代教養與盲從的拜拜，成為現代均已受過高等教育的媳婦心底永遠的痛。

目前在金門的媳婦有本身是金門人，還有新住民（來自台灣、中國及越南或其他地區），前者她們的心聲是：公婆壽命長，影響孩子的教育問題；拜拜太多了，供品無以消化。後者的心聲是：與公婆溝通不易，文化差很大；拜拜太多了，也不知在拜什麼？而她們共同的心聲是，為什麼自己的老公都會選擇默默的承受一些來自長輩的規範或不合時宜的傳統？為什麼婆婆的話就如同聖旨，媳婦若是接受過高等教育，欲表達自己的意見，則視之為不孝。天啊！都什麼時代了，卻還存在封建社會的思維，還擁抱著傳統的束縛、抱殘守闕、拘泥古禮、故步自封、好面子、重男輕女的觀念又極度迷信的無知，讓多少個家庭殘缺？讓多少個媳婦心痛、辛酸？心痛的是婆婆的無知，辛酸的是自己老公的盲從、無能及無力回天啊。

金門的媳婦說，在管教孩子（尤其是男生）的教育上，公公與婆婆表現得非常強勢，太過寵孩子了，於是孩子長大後，書讀得平平、好吃懶做、不懂得尊師重道、窩在家當宅男，有的到了近三十歲了還不想出去找工作，在家當啃老族，這一切的一切都是背後有阿公阿嬤當靠山，溺愛孩子的後果，是在當阿公阿嬤百年之後，孩子將毫無廉恥的把家產散盡。而在教育孩子方面，金門媳婦永遠只能當旁觀者。不然又將引起婆媳戰爭，永無休止。

金門的媳婦說，對於家裡的拜拜，更是所有的媳婦心中永遠拋不去的陰霾，平均每月拜拜都在十至十八天左右，祖先的忌日每月都有，連倒房的也要拜，佛教的也拜，道教的也要拜，一般王爺誕辰、或其他鬼神也要拜，車子也要拜，房子本身也要拜，各宮、寺廟也是得拜，更誇張的是連水溝也在拜，養豬、年舍也需拜，拜拜之多之密，在華人世界無出其右，拜拜的供品還得是需要冒煙的，不是六碗，就是十二碗，有些規定還得是二十四碗的，燒的金紙是有規定的，燒得越多越有誠意，而且，金紙要用台灣製的，品質比大陸的好。婆婆會盯著媳婦最重要的就是這些拜拜的日子、供品的規格與金紙的數量。金門的媳婦說，請問這拜拜的供品如果消化，婆婆說把它給冰起來慢慢吃，冰箱一台不夠再買第二台，再不夠再買大一點的冰箱，到最後一些媳婦為了孩子的健康，偷偷將剩菜倒給狗吃。金門的媳婦說，金門的婆婆不知道現在賺錢有多辛苦，無休止地拜拜，浪費多少可以吃的資源？也浪費多少能源？多少食物？多少錢財？多少時間？製造出多少的汙染？金門的福利讓多少個金門人不懂得如何去珍惜所擁有的資源。

當台灣的家庭每逢子女要註冊時，父母親都在擔心孩子的學費，一年比一年更沉重，一有閒暇或加班、或撿資源回收、或再去打工至凌晨才回來、或向銀行貸款來應付學費，此時此刻，在金門的家庭不用操煩這些錢事，因為，金門的福利好，高中以下讀書、午餐、公車船都不用錢，每年還可以領讀書禮券，讓你去換文具、紙張等等用品。所以，金門的家庭不用擔心孩子的教育費，只擔心去宮廟的拜拜所準備的供品、燒的金紙是否夠多、夠好，所有的婆婆在乎拜拜的事宜，因為，它關係著面子的問題。

金門的媳婦說，自己的婆婆也很奇怪，越老越重視面子。什麼事情都在比較，隔壁張媽媽比完，再跟陳媽媽比，比誰燒的金紙多、比貨色是台製的還是大陸的？再比誰提供的供品最多、最豐富。拜拜比完，再比誰家兒子的工作、薪水，買幾套房子，媳婦有多賢慧，孫子有多乖（很少比孫女、因為重男輕女），成績有多好，每個月自己的兒子寄多少錢給她，媳婦買什麼舶來品給她等等。老人家什麼都在比，是好面子使然，是儒家傳統的思維。

金門的新住民媳婦問說，我們家到底是信奉什麼宗教的，是侍奉什麼主神？婆婆說，我們金門歷經多次戰爭，死了很多人，所以我們什麼鬼神都要拜，才能得到庇佑。所以，全金門的宮、廟都需要去燒香拜拜，才能保佑全家平安。金門的新住民媳婦說，那在金門的一貫道或基督教，誰來保佑其全家？有知識水平的金門媳婦心裡會有疑問，只要不停的逢廟必拜、逢宮燒香，就能得到神明庇佑，那誰來做善事、積陰德？所有宗教最終的目的不是在勸人以善嗎？為什麼基督教可以不燒金紙，標榜五千年道統的中華文化，留給後人的儒、釋、道卻叫人沉迷於有形的膜拜與環境的破壞？

金門的新住民媳婦問說，為什麼金門的婆婆那麼難以溝通？那麼固執？自己的老公又為什麼那麼溫馴？那麼聽話？是鄉愿？是愚孝？明知很多事情婆婆是錯的，是不合時宜的，是浪費的，可受過高等教育的老公卻選擇默許，這種不分對錯與是非，新住民媳婦問說，我們又要如何去教育下一代呢？

金門的媳婦生活在這個新舊文化的交替，婆媳分別代表兩個不同的世紀，強勢但敢以莊嚴不屈的生命之力向天命挑戰的婆婆們，我們其實應該向她們致敬，向她們學習不屈不撓的精神；但因其未受過高等教育，以致死抱傳統的無知，金門的媳婦或許可以退一步想其生長環境之困厄與艱辛，給予更多的寬容與忍耐，歲月將無情的帶走許多不合時宜傳統的規範的。明天，後天，終有一天，金門的媳婦熬成婆婆之際，但願妳們能去蕪存菁，將金門的明天，彩繪出美麗的彩虹，創造出海西的香格里拉！金門的媳婦，加油！金門人以妳們為榮！

金門未來的發展

馬英九總統連任成功，未來四年的施政成果，將影響他在歷史的定位與名聲。因此；我們都相信他將會大刀闊斧來建設、經營、治理金、馬、台澎。身為金門人，且長期從事金門的觀光事業，對於金門的建設，未來的發展及方向，提出個人的意見與看法，希望有關單位未來在規劃金門的前景時，能以滿足金門人本身的需求為主，不要以台北的思維來治理金門。不然則藍者變綠、綠者更綠，在歷次的選舉得票中，綠者的選票正在逐步增長之中。

金門駐軍從十萬大軍縮編到現在不到一萬人，其消費力正逐漸式微。金門的經濟來源，近十餘年來已由觀光產業所取代！尤其，開放陸客觀光之後，金門佔盡地利之便，從廈門搭船來金僅需三十分鐘，金門成為廈門後花園的概念，正在成型。換言之；金門的未來只有依靠觀光業的發展。

既然；金門要發展觀光，要以觀光立縣，首先；要先建設好硬體的基礎設施，筆者生長於金門，自八十一年起開始經營金門縣的觀光事業，對於金門觀光產業的發展格外關心，因此；整理以下幾點意見，希望對金門未來的發展有所助益，也希望相關單位不要坐在台北的辦公室裡規劃金門的未來，更不能以台北的思維來決定金門的未來走向，決策官員該下鄉聽聽人民的需求，看看曾經千瘡百孔的金門，曾經為了這個國家付出了怎樣的犧牲？國人在享受今天台灣的經濟果實時，想想看當年在發展過程中，金門人付出了什麼？如果在位者不換位思考，曾經是藍天白雲的金門，終將逐漸退色！

（一）機場及碼頭的設施應著眼於十年二十年後的人潮，要站在制高點來規劃，就要真正去落實、執行。（機場的導航設施，碼頭的夜航設施等基礎建設）

（二）在島上交通方面，應開發完全以電動車為主的島嶼，使美麗的金門，不再有污染，留給子孫一個乾淨的成長空間。（獎勵遊覽車業者更改使用電動車、計程車業者更改為電動計程車。）

（三）活用金門的特色：舊軍營區，應將尚完善且堪用的營區，開放給業者經營特色的戰鬥主題樂園，既可豐富旅遊行程，亦可創造就業機會，且可讓廢棄的營區再創造新的生命。

（四）金門應該開放並招商來開發美麗的沙灘，金門的沙灘是最美的，也是沒被汙染的，在炎熱的夏季，可以讓旅客或當地人盡情享受白淨的沙灘及金門的寧靜。

（五）規劃是否設立「觀光博弈」，這是攸關金門子孫千秋萬代的事業。要發展博弈產業，必須是金門全體縣民同意才能設立觀光博弈。

（六）重新規劃金門土地的使用用途，放寬諸多限制，讓它有較多的揮灑空間。金門的土地分區使用規章，應該屏除於台灣的法令，不說金門是隸屬於福建省，而是它已背負了五十年的反攻大陸的前哨站的擔子，戰地的「緊箍咒」已經讓金門的整體建設嚴重落後台灣約十五年，也落後了廈門約十五年。你讓金門人情何以堪啊！

（七）爭取向對岸的廈門購買水力與電力，以利整體發展。

要發展觀光，繁榮經濟，在在都需要水電的動力，才能推動整體功能。因此；取得豐沛的水電動能，才是發展觀光最重要的課題之一。

生為金門人，我們的子弟用汗水與青春製造出享譽海內外的金門高粱酒，金酒盈餘每年上繳中央四十到五十億元，目前在全國有哪一個縣可以創造如此的盈餘給中央的？可是我們最基本的需求呢？為什麼不讓我們跟香港一樣向大陸買水跟電呢？連最基本的需求，都要看中央的臉色，誰來關心我們金門人的生存權利?!

（八）爭取構建兩岸的橋樑-金廈（嶝）大橋。

攸關金門未來前途的發展，連接兩岸的橋樑，是金門人最後也是最偉大的選項。對於台灣與大陸兩方，金廈（嶝）大橋的建立，更是促進兩岸和平最重要的里程碑。

以上建議在在都牽涉到中央，卻是影響我們金門的發展和未來，萬望有關單位能體察民情；則國家幸甚，金門幸甚！

金門男人在廈門的夜生活

二〇〇一年春，金門與廈門之間的小三通正式通航之後，金門的男性在廈門找到了風花雪月、燈紅酒綠、紙醉金迷、酒池肉林的夜間休閒娛樂。金門的男性開始將辛苦賺來的錢財，盡情揮霍在廈門的夜間娛樂上而不可自拔。長此以往，廈門的經濟將益發繁榮，金門的整體經濟勢必每況愈下。再者，金門男性因為找到燦爛的春天，不再依戀微黃的家花，造成離家、分居、家暴、離婚等等不幸結局。這就是小三通通航之後，金門部分家庭面臨的結局。

筆者讀研究所的畢業論文題目，選擇探討金門的男人在廈門的休閒娛樂消費行為，經過這兩個月的親身體驗，調查探訪目前在廈門地區的休閒娛樂產業之類別、內容與消費情形，再者更深入探討金門男人何以沉醉、沉迷其中的誘惑內情。蒐集的資料，除了作為畢業論文之用，同時在媒體披露，讓所有金門人了解為什麼男人喜歡往廈門跑。或許，在了解了男人的心態後，妳會去體諒他，進而共同去面對來自家庭的及其他的壓力，改善自己與老公的關係。

金門在一九四九至一九九二年間是軍管時代，民風相當保守，當地沒有其他的休閒娛樂活動，除非遠渡台灣尋找多姿的休閒活動，但花費不斐，且軍管年代出入不便，又需在交通上花很多時間才能到達台灣。因此；儘管台灣的休閒活動是多麼精彩，仍然無法吸引金門男人的空虛、壓慾的心前往消費。在地金門人的夜間活動除了喝高粱酒及打麻將，沒有其他休閒娛樂可以消費。直至二〇〇一年之後，開啟了往返金門與廈門之間的交通，縮短了兩門的距離，搭船僅需三十分至六十分鐘即可抵達彼岸。於是，金門人利用小三通之便利性與便宜的船票，絡繹於途，男性遊客尤其熱中，因為，廈門的夜間休閒娛樂活動內容相當豐富，多采多姿且引領風騷，讓金門男人為之一亮，造就多金的金門男人樂不思蜀，曾有公教人員因而影響家庭生活，最終縣政府曾有規定每月去的次數及須經太太同意方可進出廈門。金門一般男性已然將廈門夜間娛樂休閒當作娛樂、應酬、尋歡的最佳場所。而所有的夜間娛樂休閒消費皆圍繞在「性」的刺激、嘗鮮、變化與滿足，不同的客群尋找不同的消費方式，也使金門男人在廈門的夜生活更加精采。

人們在生活無虞之後，會開始去尋找精神上或生理上的需求，而且現在資訊又極為發達，要滿足自己的需求，易如反掌。金門在地理位置上又緊臨廈門，出入方便，且廈門的休閒娛樂業相當成孰，相關產業琳瑯滿目，可以滿足不同族群的需求。因此，金門男人將廈門當作紓壓解悶，尋求生理上的愉悅與滿足。

再者，隨著社會經濟的發展，以及資訊自動化社會的來臨，人們所得提高，工時縮短，再加上現在是弱肉強食的競爭社會，人們遭受心理或生理上的極大壓力。這些壓力如果沒有做適當的舒緩、排解，將造成心理或生理上的疾病。長此以往；更將影響學習、生活、工作、婚姻、家庭等生活品質。因此；如何解除壓力，將是現代人們最重要的課題，而適當的「休閒」就是解決壓力最好的方法！

金門男人在開放這十年來，對於廈門地區的休閒娛樂活動非常孰悉，尤其是含有「性」休閒的消費品項瞭如指掌。人性最原始慾望的追尋，遊戲人間的春夢戲碼，一再在廈門不斷的上演，因為在金門生活圈過於狹小，人間傳統道德的規範、禮教的束縛，讓人不敢造次、越軌、脫序。於是被壓抑的情懷，只有在廈門的夜生活中得以愛其所愛，滿足心靈的空虛與肉慾的需求。尤其在初期有年滿六十五歲之老年人，開始過退休生活，部分單身的老男人，利用老人之半票優惠，出入於兩岸之間，去程購買洋酒及香菸，回程帶香菇、花生及菸酒賺取傭金，支付來回船資及價廉的摸摸茶（阿公店）消費。孤獨的老人在廈門找到另一個春天，滿足心靈上的空虛，也滿足生理上的需求，卻不見容於金門世俗的眼光。孤獨的老男人，辛苦地遊走於金廈海域，只為尋找精神上及生理上的愉悅與滿足。於是在金門流傳著：「守身如玉、守口如瓶、守望相助、手忙腳亂；十個男人九個暈（船）、另外一個正準備怎麼暈；天天換老婆、夜夜渡春宵、先進後進滿街走、丈母娘是處處有」。

筆者深入探討廈門地區到底有怎樣迷人的休閒娛樂活動內容，來吸引金門男人的青睞與迷失，日趨之若鶩。探訪後得知目前廈門地區的休閒娛樂產業亦有八大行業（種類）：足浴、三溫暖、RTV俱樂部、卡拉OK、酒樓、泰式按摩（桑拿）、夜總會與摸摸茶。

（一）足浴：（以下價格皆以人民幣計）

全天二十四小時營業，純粹是腳底按摩，但也可以做全身按摩。其按摩師傅（男女皆有）得受職前訓練，因此，手下功夫了得，服務精神佳，頗受金門男女青睞，這是解壓的最好方式，有以中醫為主的穴道按摩，有可以免費吃到飽、喝到飽的足浴，大部分金門人落腳廈門均會光顧的主要項目之一。價格每小時約五十到九十元。

筆者親自去體驗之後，了解其消費目的是為了可以解除壓力，促進經絡通順，消除疲勞，恢復健康。多數金門遊客認為來廈門洗足浴，是一種享受。但筆者親身去體驗其中三家不同營業形態的足浴店消費，發現每一家足浴店都有設下重重陷阱（貓膩），雖然標示每小時只要五十元（人民幣），等你躺上按摩椅之後，按摩小姐就開始推銷其他產品，如中藥材、精油，或慫恿推背、或推銷貴賓卡等等舉動，目的是要你多掏錢出來消費啊。

（二）摸摸茶室：（阿公店）

營業時間為下午六點到凌晨兩點，摸摸茶室是迎合中老年人的需求型態，在包廂內以喝茶為主。服務小姐素質較差，人生經歷豐富，懂得孤獨中老年人的心境，可以不耐其煩的傾聽你的心事，並給予溫柔的安慰，也可以滿足你生理的需求（直接上樓每次約兩至三百元）。基本消費價格低（每人約一至兩百元），適合收入不豐或節儉的中老年人。

筆者親自去體驗之後，了解其消費目的是可以得到被奉承、被尊重的感覺，滿足在精神上的歡愉，在生理上得到滿足。

（三）RTV俱樂部：

營業時間為下午五點到凌晨兩點，邊吃飯邊唱歌，含場地、歡唱、酒菜每人平均約三至五百元，小姐坐檯小費每人需兩百元。

筆者親自去體驗之後，了解這種是最實惠的消費方式，既可以吃飯，又可以唱歌、喝酒。目的是為了可以滿足口慾，消費實惠，滿足短暫的歡愉。

（四）泰式按摩（桑拿）

營業時間為下午六點到凌晨兩點，泰國浴乃源自泰國而來的泡泡澡，這種泡泡澡為服務的侍者首先須將沐浴乳打成泡沫，然後將泡沫灑於氣墊床上，隨後請客人脫光衣服躺在氣墊床上，小姐則用光溜溜的軀體來為客人洗澡並上下按摩（每人約需兩到四百元）。

筆者親自去體驗之後，了解其消費目的是為了解除壓力、消除疲勞，公教人員認為安全性高、隱密性高，帶小姐出場風險大，所以才會選擇這項娛樂消費，滿足生理上的歡愉。

（五）夜總會：

營業時間為晚間七點到凌晨四點，場地豪華，有大型表演伸展台，顧客可選擇坐在大廳看表演，或是選擇小房間邊喝酒邊唱歌，還可以看表演，前者每人消費約三至五百元，後者約需五至八百元（有小姐陪）。每一家夜總會的小姐約在三至五百人，陣仗排場極大，在台上表演的小姐若有喜歡的可以請服務生代送花圈，每個花圈兩百元，小姐下台後親自致上謝意，但不陪客人出場交易，既使有，過夜價碼約需三至五千元。而沒上台表演者，是可以帶出場的，費用約需一千五至兩千五百元。若指定在台上表演者坐檯，小費需五百元（一般是三百元），且不可有過份的舉動。

筆者親自去體驗之後，了解其消費目的是為了面子、排場，為了應酬談生意，適合談生意，招待貴賓的地方，促進雙方合作的關係，滿足貴賓的歡愉。但消費高，所以一般男人是不會選擇這裡來消費的。

（六）三溫暖：

營業時間為下午六點到凌晨四點，三溫暖為工作後，從事休閒活動紓解疲憊的好地方。累了泡泡蒸氣浴，進入烤箱在高溫的烘烤下讓身體出汗，然後泡入冷水浴池，是一項很舒適健康的休閒活動。但是，色情業經營者往往假借三溫暖之名，於三溫暖內附加色情按摩，由年輕貌美的按摩師來從事油壓按摩（每人約需二至四百）及色情性交易工作。

筆者親自去體驗之後，了解其消費目的與泰式按摩相同的是為了解除力、消除疲勞，公教人員認為安全性高、隱密性高，帶小姐出場風險大，所以才會選擇這項娛樂消費，滿足生理上的歡愉。

（七）自助歡唱吧：

營業時間為下午六點至凌晨四點，純粹唱歌歡樂，性質同台灣的錢櫃，自行在販賣部購買喝啤酒或一般飲料，僅唱歌及一些小菜，無小姐陪，平均每人消費約需二至三百元。一般會來此唱歌者是女性或攜家帶眷者。

筆者親自去體驗之後，了解其消費目的是為了可以暫時忘卻煩惱，促進更好的人際關係，滿足短暫的歡愉。

（八）酒樓：

營業時間下午六點至淩晨四點，是目前最夯的玩法。首先，每人先挑選一位看上眼的小姐坐檯，陪你喝酒玩遊戲，每人最低消費兩百元，在包廂內喝酒，待三分酒意之後，男女各推出一人玩骰子，男者輸，得付二十元給女方，女者輸，得脫一件上衣或褲子，待女方輸得一絲不掛。最終，女方贏得人民幣，男方以人民幣換得歡樂與快感，各取所需，由於小姐很敢玩，頗受金門年輕人喜愛。

筆者親自去體驗之後，了解消費目的是為了刺激、好玩，又可以暫時忘卻煩惱，滿足短暫的歡愉。

金門男人會去廈門消費，去足浴是為了能紓解壓力、保持身體的健康；去卡拉ＯＫ唱歌是為了能暫時忘記煩惱憂愁的事，又可以與朋友做好人際關係；去ＲＴＶ俱樂部是為了方便又實惠、可以邊吃飯、邊唱歌、邊喝酒，滿足生理上的需求；去桑拿與三溫暖是為了身體的健康、隱密性高、現場就可以直接滿足生理上的需求；去夜總會是因為要招待貴賓、或長官、或廠商，這裡排場大、服務小姐素質高，是做好人際關係的重要場所；去酒樓是因為小姐很敢玩、很刺激、氣氛佳，可以直接滿足生理上的需求；摸摸茶是年長者最主要的消費群，這裡的消費很實惠、又能奉承並尊重年長者，現場就可以直接滿足需求。

目前在廈門的八項休閒娛樂活動中，大部分金門男人會分兩攤，首先他們第一攤會去足浴之比例高達百分之七十五是為了解壓／健康；之後去第二攤有百分之八十三是為了生理上滿足（也就是性休閒），去第二攤比例最高者是三溫暖，其次是RTV俱樂部、卡拉OK、酒樓、桑拿，最低的是夜總會與摸摸茶。有人是為了應酬、人際關係、刺激好玩。所以以「性」為主的休閒娛樂是金門男人前往廈門消費最重要的目的，其次才是為了解壓可以使身體更健康。

在研究中得知，金門男人在廈門包二奶的情況並沒有如媒體報導的那麼誇張，因為；一來是整個經濟並不是很好，哪有多餘的錢去包二奶，目前包二奶的費用每月約需台幣十萬元，再說大家都知道，我們前腳走，她後面又拿我們的錢去包小野狼，誰都不願意為了喝一杯牛奶而去養一頭牛，誰知她的奶還夠嗎？所以包二奶的個案是很少的。

最後，在研究調查過程中，發現有約百分之三十（十個約有三個）男性並沒有做好安全措施，這是非常嚴重的現象，以廈門每年的觀光或商務都已超過上千萬的過客，性衛生令人堪憂啊。為了自己的健康，為了老婆的身體，更為了整個家庭的幸福、美滿，請勿逞一時之爽，而貽禍家人釀成不幸，實非所宜啊。再者，全球景氣不振，金錢越來越難賺，不要以為我們金門的福利好，比較沒有壓力，而將錢財散於剎那的快感與歡愉，實為不值啊！

原載金門日報副刊

除了高粱酒，金門還有什麼？

在金門所有縣民，大家最關心的事，就是與「高粱酒」相關的話題，最是引人注目，但是金門除了「高粱酒」，我們還有什麼？

金門「高粱酒」的設立剛屆滿一甲子，期間我金門多少子弟默默辛勞的耕耘，才有今天金酒在台灣白酒市場百分之八十的佔有率。金門「高粱酒」享譽中外，這是不爭的事實；金門地區的建設、福利都是依靠金酒的盈餘，這也是不爭的事實。但是，金門如果沒有了「高粱酒」，我們還有什麼可以揮灑的？還有什麼值得我們驕傲的？還有什麼可以揚名立萬的？

上周有一團台灣來的旅客，在金城一家賣蚵仔麵線的小吃店所引起的糾紛，讓台灣人看到金門的生意人做生意的搖擺（閩南語），經金門導遊的推介，其中一位旅客給了筆者一封信，看了來信，不覺汗顏、見笑（閩南語）啊。

近聞縣政府協助傳統小吃進行店面的整修，給予補助，讓其門面整潔、美觀，使與其特色小吃能相得益彰，政府美意甚好，但對於大部分業者不見得是好事，因為他的門面整潔、美觀了，那他們不是更搖擺了，讓金門人更丟臉了？來信上說：除了免稅店的服務人員會說您好、請、對不起、謝謝，其他的商家如飯店或其他服務業人員都沒有聽到您好、請、對不起、謝謝？

不是說我們金門人最有人情味的，最純樸的，最好禮的，怎麼讓旅客一再反映金門商家做生意的搖擺（閩南語）（連本地的人都嘗過其搖擺），還有其他服務業人員的服務精神呢？是生意太好做（生意太好）？是錢賺太多了？是不想做太多了？那服務業人員的服務精神是不是學校沒教？還是薪水太低？還是福利太差？還是同事皆然？還是個性使然？還是傳統禮教使然？商家的市儈氣息與服務人員的冷漠，金門沒了「高粱酒」就只有這些嗎？

金門除了「高粱酒」，其實，我們還有世界上唯一擁有戰地遺跡的地下化資產，所以，發展觀光是我們不二的選擇了，要發展觀光，「人」是最重要的元素，要做好服務的工作，才能讓旅客感動，才能讓金門的觀光業永續經營。

有人說金門的商家之前做阿兵哥生意習慣了，也賺了很多錢，也習慣了金門這個市場是賣方的市場，所以不用什麼服務，阿兵哥就一定要上門來買，口氣也習慣用命令式來應答，阿兵哥也不在意啊。長此以往，金門的商家就習慣這種經營方式。可如今銷售的對象不同了，尤其來自台灣的旅客，早就承襲來自西方及日本等先進國家文化洗禮，也就是說已開發國家，服務業是其最重要的產業，而服務業首重在「人」的服務上，於是來自台灣的旅客，習慣了服務人員的微笑，以及服務人員常說：您好、請、對不起、謝謝、歡迎光臨、謝謝光臨、請慢走、讓您久等了、抱歉、請問需要什麼嗎等話語。來信上又說：我們一下飛機迎面我們看到了「海濱鄒魯」四字，不解其意，經導遊解說後，我們好羨慕「朱子」曾來金門講學，那麼，文風既然鼎盛，金門人長期在儒學薰陶下，應該會是溫和好禮、謙讓，沒想到這趟金廈四日遊，讓我們看到也體會到你們金門人的冷漠與搖擺（閩南語），儒學「朱子」看來未曾在金門留下什麼。後來筆者透過導遊，了解這團的行程與購物站及膳宿的地方，還真的除了免稅店，其餘的站點服務人員都不會說：您好、請、對不起、謝謝，而且還沒笑容呢！

縣政府為了使觀光業在硬體的提供更臻完善，特別編列補助款項，改善傳統小吃原有的門面，更新原本的髒亂，讓傳統小吃的店面乾淨、整潔，給觀光客有更好的用餐環境，立意甚好，但觀光客他要的除了有口味好的食物、優雅的環境，更重要的是服務人員的熱忱與微笑。所以，縣政府在提供給傳統小吃的補助，立意雖好，但傳統小吃根本不缺錢，比如某廣東粥或某燒餅店，人家的店面再怎麼髒亂，還是有客人上門，他們怎會缺錢，他們或許根本不想做了，或許不想做太多，不想賺太多了，或許人家已經數錢數得手發酸呢！縣政府為什麼還要去補助他們？是不是應該在教育上著手呢？把錢花在軟體上才對，鼓勵商家或觀光產業的人員，教育他們怎麼服務客人。首先，舉辦全縣微笑活動，由所有公教人員帶頭做、帶頭說，商家或觀光產業的人員，誘之於利，公教人員記入考評之一，並不時邀請專家舉辦免費講座，請所有商家及觀光產業的服務人員參加，對於真心配合之商家或觀光產業的服務人員，給予獎勵。縣政府可以將全縣分行業，做服務評鑑等級制度，再將各商家及公家單位、學校之等級公布在網路上，讓所有旅客事先知道哪家的服務是好的，那些是差的，才不至於讓他們上了門才去體會搖擺的服務。對於服務好的商家應給予鼓勵，對於原先被人所詬病的商家，予以規勸，屢勸不聽者，將其行為公布在網路上，讓所有旅客了解，旅客自會自行判斷是否要去找氣受，假以時日，定能改善目前為人所詬病的搖擺。

再者，從教育下手，從幼兒園開始，以至大學的教學上，在思想上除了灌輸禮、義、廉、恥的理論教育，在行為上應要求所有老師、學生見面時皆以微笑相待，常說：您好、請、對不起、謝謝。

金門如果沒了「高粱酒」，我們還有如香格里拉般的世外桃源，山藍水綠、生態保育如林務所、如植物園之美，還有如國內僅次於日月潭湖畔的植被，覆蓋全島以青翠蔥籠，而戰地遺跡亦是傲世景點，它體現出金門之力與忍。當然，我們還有濃厚的人情味，我們還有發自內心真摯的微笑，我們還有富而好禮的精神，我們還有純樸與善良。在第一線服務的商家們，縱然你們已經很有錢了，不想做太多賺太多，但是不要因為你們的心態，將金門人原本的本性糟蹋在你們手上了；在第一線服務的人員們，也請你們不要吝嗇於你的微笑，請常說：您好、請、對不起、謝謝、您需要什麼嗎、很高興為您服務、歡迎光臨等話語吧！

如果金門真的要以觀光來立縣，如果真為了金門觀光業永續經營發展，軟體的服務才是王道啊。金門如果沒了「高粱酒」，我們還有什麼可以自傲的？

原載金門日報言論廣場

從「倒房」看金門人的無知

首先解釋什麼是「倒房」，「倒房」是閩南語，意思是說家族中在父執輩以上之先祖，有叔公、有叔叔、有外家（祖母或母親輩）等先輩，或早夭、或戰死、或病死、或無子嗣等等原因造成該「房」後繼無人，香火無繼，是為「倒房」之意也。

二〇〇一年金門廈門通航之後，金門年長的婦女前往廈門去找「陰靈媒」問三姑（閩南語），也就是問自己已故的親人，在另一個世界過得如何？有缺什麼嗎？有什麼指示嗎？有什麼話說嗎？等等一切讓親人牽腸掛肚的事，「陰靈媒」在十個詢問者中會對九位詢問者說：你們家有「倒房」者，其中「倒房」者要求什麼跟什麼，金門婦女肯定回答說：對！對！我們家確實是有「倒房」的情形，是阿祖或阿公或阿爸的誰的誰，而無知的相信陰靈媒者之言，並任其擺佈，再助其行銷，金門有多少人沉迷其中而不知？其間浪費多少的金錢與資源？

生活在金門的人，先天上因為水資源的匱乏，以致無水則萬物不長，無萬物則無以維生，生存困厄則病痛肆虐，此為先天之不足；國家頹敗，政府無能，戰禍頻仍，以致海盜猖狂，倭寇橫行，此為後天之害矣。當時，或餓死、或病死、或被殺者眾啊。再者，經廈門下南洋或東洋者，或暈船者死、或水土不合者死、或意外者死、或他殺者死，不幸夭者多矣，慘矣。貧窮戰亂又加落番血淚，可憐的金門人，默默承受內憂外患之苦，久矣。

既然，天災人禍造成金門先人們過早的身故，自然造成有「倒房」的情事發生，且十之八九啊。可金門婦女不管是到廈門問三姑，還是在金門問卜卦者，或其他「桌頭」（神棍），他們一定會說：你們家有「倒房」的，所以必須如何如何去化解。於是，想辦法過繼哪個孩子給他，或買供品燒金紙祭拜、或去哪做功德、或要去哪個廟拜拜的、或需要如何補救的，不管你用什麼方式，一定要花很多的錢。在資訊發達，科技日新月異的新時代，在全球上的人，已不再迷信於怪力亂神之說了，況且現在全球景氣不佳，生活不易，可我金門人還無知的相信「倒房」的事。還在為了那無知的怪、力、亂、神之說，浪費資源在那無知的過去。

再說，宗親長老相信，如果是有外家（祖母或母親輩）留下來的房子，是不能整修的，更不能賣掉的，如果有土地也不能賣的，不然會有報應之類的情事發生。於是，戰火摧殘，房子倒了，樹高葉落，鼠輩肆虐，殘破於群宅之中，或街道之內，格格不入於整體景觀。土地荒廢年年，雜草叢生，無人問津，影響地方整體發展。天啊，金門的某些人怎會如此無知，如此迷信？為什麼在二十一世紀文明的世界，金門人還處在徬徨、躑躅、恍惚、冥濛的氛圍之中，對於這個不可知的天命，任其操縱，任其擺佈，且抱殘守闕，拘泥古禮，不知時代已進入科學資訊化了，而金門人還在無知的去「問三姑」，這是閩南人的宿命？還是中華民族的道統禮教如緊箍咒地將金門人牢牢拴住。是可悲？是無奈？

會相信這些怪、力、亂、神之說者，絕大部分是婦人，因為，在過去與現在撐起金門這個「天」的，是家裡的媳婦、婆婆，她們主宰了家庭的一切，現在她們的先生或孩子應該在金門都是社會中堅份子，都是知識份子，都是接受現代文明洗禮的份子，或是一些中流砥柱的幹部，但都懾於婦道，不敢違抗，明知那是無稽之談，仍選擇默默承受，或許，某些社會中堅份子亦相信怪力亂神之說，因為長期的被洗腦。於是，無知的囿於這個小小的島嶼，故步自封，代代相傳所有的怪、力、亂、神之說，使得金門仍緊緊抱著傳統，拘泥源古，不思改變，長此以往，金門的精神文明將永遠陷入、停滯於迷惘的未來。因為，無知且鄉愿及愚孝的順從，將給人們心靈上帶來迷惑、惶恐、價值觀扭曲、性格涵養失調於內心深處，怪力亂神之說也就趁虛而入，如虎添翼，恣意翱翔於人們幽冥愚昧的方寸之間而不可抑止了。

如果能將無知的消費，資助社會上急需幫助的族群；如果能將每年燒四千噸約需四億台幣的錢捐給慈善單位；如果能懷古而不拘泥，能去蕪存菁傳於後代；如果有識之士，願意面對這個迷惘無知的社會，作沉痛的默想反思，不要再將自己的性靈作無情的摧毀、戕伐，在這個生長環境急需環保的大地，能夠摒除無知的迷惑，化小愛為大愛，肯定自己存在的價值與意義。不要再相信怪力亂神之說，將這些資源去幫助需要幫助的人，多做善事、勤做公益，若能一念之轉，剎那間你的生命將是璀璨的，生活將遊於無窮，且可逍遙於廣闊的蒼穹，心靈必然豁然開朗，明天，陽光依舊燦爛。但是請不要再關心過去的親人，逝者已矣，在世時不去盡孝道，不去關心他們，等他們走了，離開人世間，你們再去問他們需要什麼？有意義嗎？有必要嗎？

何不在這個現實的人世間，多多關懷在身邊的親人，讓他們在世時得到關懷與溫暖，不要等他們走了還去打擾他們，何必呢？再說；自詡文風鼎盛的知識份子，卻讓「陰靈媒」玩弄於股掌之中，是金門人蒙羞，也是知識份子蒙羞，身為金門人，羞愧矣。

人云亦云、隨波逐流、相信鬼神、竟逐顏面，是金門人之特性。逢神必拜、是廟燒香、心無主神、徬徨躑躅，是金門人之心境。在全球景氣低迷之際，金門如世外桃源般的幸福，不要因為福利好，而將太多的金錢浪費在毫無意義的「問三姑」，應該是要多做善事、勤做公益、活在當下、勿再浪費資源，好好關懷周遭的人，珍惜生活環境，不要再去當無知的金門人！

原載金門日報言論廣場

從金坊的服務，我們公務人員學到什麼？

十月八日，金門日報的社論提到：縣長希望公務員能真正落實為民服務的態度，不要盡做表面功夫，不要太過官樣文章，不要以為公務員是鐵飯碗，真是苦口婆心，難為李縣長既要行銷金門，又要管家裡的每一個人。

筆者從事服務產業多年，深深了解什麼是服務？服務的精神？服務的態度？服務應具備哪些內涵？當然，筆者只是將實際經驗與大家分享，並沒有大學裡所傳授的理論，所以，如果有理論的學長或教授無法對筆者的經驗苟同，尚請指正，不勝感激。

九月二十五日筆者寫過〈金門人的服務精神〉一文，深受服務業的同仁收藏，而今天的為文是針對我們公務人員，在服務精神與態度上應有的內涵與底蘊，希本文對公務人員，在爾後面對百姓的服務上有所助益。

首先，先解釋為何本文要提到「金坊免稅店」的服務，君不見金門所有的觀光產業、公務部門、其他私人企業的服務態度都比不上「金坊免稅店」的服務？「人才是企業最珍貴的資產」，這是現在許多企業所熟知的一個概念，在以「人」提供服務的觀光產業尤其如此。以金門金坊而言，免稅店首先要提供貨真價實的商品及舒適的環境之外，導購的服務人員，所提供的服務精神與態度，將直接影響顧客的購買意願與評鑑。換言之，服務人員應具備良好的應對進退和謙恭有禮的態度，對於免稅店是非常重要的。「金坊」有鑑於如何使員工誠心付出，甘願固守個人崗位，發揮個人的敬業樂群，完成企業體所設定的業績目標，創造利潤視為資方最重要的課題。

首先，人力資源部門著重於教育訓練，使員工了解在面對客人的態度（四十五度的自然彎腰及燦爛的笑容），還有人際關係的重要（主管面對司機及導遊的笑容與尊重），最後才是認識產品；當然，豐厚的業績獎金，也是促使員工每天能站八小時的動力，再者，亮麗的制服，讓員工顯得自豪、自信、美麗。況且，明年金湖鎮小太湖一千六百坪大賣場的開張，讓同仁看到升遷的希望及企業體璀璨的明天！

一個企業體能有今天的成就，除了其營收傲視群倫，最可讓其他企業學習的，應該是其服務的精神與態度。所以，筆者不吝地將多年在台灣領悟到的服務內涵與金門公務人員分享。

當然，在金門的公務員並不是指縣政府管轄的行政人員而已，只要與百姓有直接或間接關係的，如國家公園的、軍方的、學校的、移民署、海關、警政單位、調查單位、國稅局、獄政單位、郵政、銀行及議會等等單位的官員或民意代表，應該可以先去感受「金坊」的服務，或許，午夜夢迴，再翻讀十月八日金門日報的社論，如果能在內心深處有所領悟，下一個處、局長或是縣長就是你啊！

首先，就各機關的總機或各單位接電話的服務人員，當百姓打電話進來，請不要讓電話響過三聲，超過第三聲請務必跟來電者道歉（因為，所有的單位都是在為民做服務啊，你們怎麼可以耽誤來電者的青春），語調必須親切、口氣委婉、回答其語言（國台語）、耐心聽，所有總機或單位接電話者最忌諱回答來電者：不知道、不行、不是我們主辦的、你打錯了、主辦人不在、我會通知相關人員（來電者會以為是在敷衍，為何不請主辦人回電？）、上面沒指示、那是電腦在控制的、我們沒辦法等等話語。如果哪天換作你是來電者，你希望對方作怎樣的回答，你才會滿意。所以凡事請以「同理心」來處理任何事吧。還有，為什麼百姓多會使用一九九九專線，是因為它有錄音功能？有時效性？有長官在盯著？為什麼一九九九專線可以很有效率的執行？其他線就不行了？如果政府每條線都是如此快速且有效率，縣長何憂？

再者，所有能坐辦公室的公務員，表示你們的學、知識優於常人，那麼，知書以達禮、謙恭以自微、遷善以自樂、待人以摯誠、情真以喜悅、競業以盡瘁、盡心以養性者，必能造就一顆靈明之心，也會有曠達寧靜的胸懷，體認自身存在的價值和意義。長此以往，悠悠歲月自然可以養成豐盈的內涵及仁人之心，也必會陶冶脫俗不凡的氣質，那麼，彰顯在外者，必會有愉悅的笑容和謙恭的態度。既如此，凡我為民服務者，應有「視民為親、待民如友」的胸懷。當百姓洽公時，前台服務人員應馬上起身恭迎，並說：您好，請問我可以為您服務嗎？後臺者雖不起身但應說：您好！此時，面帶笑容，語氣和緩，並隨即奉上茶水，百姓自當感動不已，咸認此為縣長之德矣。

對於金門國家公園之服務人員，雖然你們僅是唯上面之命而為之，但因國家公園之設立，會直接或間接影響百姓之權益，一般平民並不樂見國家公園設在我家或周圍，因其規範未受其利，先受其害。因此，金門國家公園之服務人員，你們應與當地百姓多做溝通工作，做好官民的人際關係，盡量放利給當地居民，如民宿之經營或其他有利益者，應以當地居民為主，不要再說會違反什麼規定，規定是人訂的，要懂得因地制宜啊，也不要再讓當地居民在幫外人打掃房間了。過多的怨言（如囿於政府的規定，沒擔當啊），將使官民誤會加深，也不要再讓百姓說：無能且無擔當的官員啊！

對於軍方而言，雖然你們跟百姓沒有直接接觸，但是，擎天廳的偉大工程，應該自由開放給觀光客參觀（除陸客），才知道當初軍人是怎樣的辛苦，才有今天的成果。在這個資訊發達，科技日新月異之際請不要再告訴我們，哪裡還有什麼機密可慮！軍人雖然是在保衛國家安全的，一個小小固定的山洞，一般平民必須依照你們規定的時間提出申請，有關係者如台灣來的官員、民代就可以自由出入，你要我們百姓如何心服？軍人雖然主要是在保衛國家安全，但是你們的薪水也是我們百姓繳的稅金啊，既然有機會為百姓服務難道不應該嗎？請不要再用機密當藉口了，也不要再故步自封了，更不要再讓百姓說：國軍造就太多的馬屁軍官！下次要找藉口，請告訴大家擎天廳坍方了，我們就不會為難你們了，雖然百姓很不情願地在繳稅。

至於其他單位的公務人員，直接面對百姓時，微笑、親切、熱誠是三項基本態度，微笑來自豐富內涵的氣質、親切來自於良好的人際關係、熱誠來自對人生樂觀的態度，不要以為公務人員是鐵飯碗，水要載舟或覆舟，全在你們的心底與臉上啊！

在金門的公務部門，百姓去洽公，走在縣府三樓沒人理你，洽談事情時百姓站著、公務員坐著，你在金城鎮公所二樓辦戶口相關事務，服務人員臉上沒笑容，其他如郵局或銀行或移民署或其他單位，百姓去找你們，你們會主動跟百姓問候嗎？你們會站起來迎接嗎？你們臉上有笑容嗎？你們上班八小時大部分都是坐著，金坊的服務人員是站八小時，如果說你們的學、知識優於金坊的員工，那麼，你們更應該懂得尊重別人，懂得以禮相待，懂得笑臉迎人，知道你們是領誰的薪資的，誰是你們的主人，如果是年長的阿伯，你們更應該要懂得尊敬啊。其實百姓要求不多，他們只希望你們把他們當「人」看，不用當貴賓看，他們承受不起，他們只會作比較，為什麼金坊的員工有笑容，我們的公務人員臉上是冷漠的？為什麼學問越高身段越跩？為什麼有些官員或民代就可以享有特權？為什麼學問越高服務精神越差？為什麼在機場或碼頭的縣府服務人員或護理站人員，當百姓去諮詢事情時，他們坐著，百姓站著，不是說要為民服務嗎？不是說我們是他們的主人嗎？以上這些「為什麼」是一般百姓跟筆者反映的，他們希望筆者寫出來，但筆者說不一定會登出來。如果公務人員看到這些反映你還無動於衷，你們何以安穩坐在那個位子？午夜夢迴再看看十月八日的社論，能不汗顏嗎？看看李縣長頭上的毛髮，越來越稀了，你們怎能不幫幫縣長呢？或許，下一次百姓去洽公時，會隨身攜帶智慧型手機，拍照上臉書，肯定比一九九九專線更有效！

金門的公務人員啊，要做好一個盡責的公務員，請再次光臨「金坊」，親身感受其服務的點點滴滴，其服務精神與態度絕不是一蹴可幾的。在服務多年後，筆者深深體會，帶團時「視客為親、待客如友」是筆者從事多年的體悟，也是筆者成功之鑰；而公務人員應該要有「視民為親、待民如友」的胸懷和真誠的對待，能洞察其中含意，你一定是最好的公務員的。

老子說：合抱之木，生於毫末。九層之臺，起於累土。千里之行，始於足下。人不必偉大，人也可以一無所有，但必須對自己負責，忠於自己的職守，仰不愧於天，俯不愧於地，身教不愧於後輩，進而，再從內心深處發掘自己人性的光輝，以此璀璨的光輝，照亮自己走向更高境界的道路，求取良心的寧靜，求取生存的尊嚴，求取生命的價值，金門的明天，必將更幸福祥和！

原載金門日報言論廣場

淺談金門福利

從之前的報章媒體說我們金門是最幸福的地方，讓其他地區百姓欣羨不已，金門人亦有感榮焉。於是，吸引了台灣地區的百姓，來金門或做小生意、或當導遊、或是遊覽車駕駛，也讓台灣的部分品牌的售屋公司進駐，炒熱金門的房地產。

金門之所以幸福，其年長者與軍公教者居多，前者因金酒福利足以使其生活無後顧之憂，後者無工作壓力，且又有外島加給，在物質上的滿足，若與台灣地區居民相比，金門人是幸福的。

不是說我們金門的軍公教人員很多嗎，有識之士在夜深人靜之際，面對金門的星空，應該有感覺到金門的寧靜、環境的整潔、清新的空氣、鄰居的和睦、生活的優閒、沒有都會叢林的爾虞我詐、沒有弱肉強食的競爭、就業機會多、幼有所養、老殘孤寡者有所依、豐衣足食、在生活上沒有壓力，這一切的一切不正是國父的理想世界嗎？在享受這個美好的果實之際，我們是否該沉思，這個果實是甜美的嗎？是無負擔的嗎？是可以長久的嗎？對於下一代的生長環境是好的嗎？在這個好福利的背後，它會有怎樣的隱憂？送魚或送釣竿教你怎樣去釣魚，會有怎樣不同的過程與結果？是否有虛耗資源，造成浪費？在物質上的滿足就是幸福嗎？這真的是幸福嗎？

金門人的福利，讓外來人口迅速將戶口遷來金門，分享我們的資源，雖然說人民有遷徙的自由，但是，今天的金門，是由當年的軍人及我們的父祖輩用他們的生命或流血、流汗共同經營出來的，期間的披荊斬棘、篳路藍縷，其辛酸的耕耘不足外人道。且金門的命運歷來坎坷，天不雨、五穀不收，海盜肆虐、倭寇洗劫。後日寇又據有八年及民國三十八年的古寧頭大戰，四十七年的八二三砲戰，讓這個原本寸草不生的蕞爾小島，一再被蹂躪，不停的被摧殘。或許是天可憐見，讓我們有了實施兩岸通航試驗的金鑰匙，又有金酒這個金雞母，近十幾年來，才漸漸擺脫窮困戰爭的悲慘宿命。近來，金酒擴大生產經營面，使其盈餘逐年遞增，將金門的基礎建設及縣民福利年年改善，使福利優於其他縣市，自然成為最幸福的城市。

然而，好的福利真的可以得到幸福嗎？幸福應該猶如車之兩輪，鳥之兩翼，平衡發展在精神上與物質上的滿足，才能得到真正的幸福。現今人類過度重視物質上的享受，在物質上獲得了大量滿足，而在精神文明陷入了停滯與迷惘，人們在心靈深處是否讓物慾恣意翱翔於方寸之間了？君不見，有國小或國中學生，牛奶不喝（可能是體質不適、或是口味、或是其他因素）將之倒在學校花圃裡，雖是免費，但卻浪費。學校或家庭是否應該教導孩童不可暴殄天物，要珍惜上天賜給我們的食物。同時，應讓學生了解在這個地球上，還有很多很多的小孩是沒有牛奶喝的。在滿足物質的需求時，必須讓孩子們了解食物得來不易啊，從小就要灌輸孩子對萬事萬物應當要珍惜、感恩之心，長大之後就會仁民愛物。

再者；縣內提供的免費公車，對百姓看似福利的事，其實，其中隱含太多可討論的空間。

君不見，有很多老人把公車當作休閒、打發時間最好的去處，又有冷氣可以享受，反正不要錢的，高興去哪就去哪。問題就出在這裡，老人行動不便，駕駛員必須花很長的時間等他們都平安上來並找好座位，這期間車子在等待的時間，必須多花了多少的油料，又製造了多少的廢氣，老人萬一在上下車有所閃失，誰來負責？有識之士及相關官員在夜深人靜之際，是否可以站在節能減碳的角度，為下一代留一個無汙染的成長空間，找到一個更好的方法？比如說，推廣使用者付費的觀念，每次收五元，再將這個錢拿去投保旅客醫療險，讓旅客有所保障，至於原本完全免費的福利，縣政府可以另外研擬其他方式補貼，這樣才能共創三贏。

大眾的福利直接攸關百姓的生活，政治人物會考慮其選票，這無可厚非。但是，當政者應該站在更高的視野去規劃未來金門的藍圖，很多好的政策、應該要做的政策，就必須要有胸懷、有魄力去落實，不要讓少數人所影響。就如機場與水頭碼頭間的交通問題，縣政府遲遲不敢斷然決定開通兩者之間的交通，那是因為會直接影響計程車的生計，所以協調會開了數回仍未有定論。其實，相關單位可以改變思考方向，由政府出面來管理，將排班的計程車替代公車，滿三人就開車（除非客人自己要包車）每人一百元，司機仍然收到三百元，旅客也得到省錢目的，縣政府也有善儘管理之責。總之，很多事情不做，永遠都不知道問題出在哪？開再多「會」，永遠就只是個「會」，沒有結論的「會」，永遠都在浪費時間。

不知道太多的福利會不會影響下一代金門人的鬥志？不知道生活太過安逸，會不會讓金門人失去祖先們冒險犯難的精神？不知道還有多久，下一代金門人就會忘記當年祖輩們的「落番」血淚史？也不知道我們的金雞母能持續多久（原料與水質）？我們的福利會不會因為政治人物的異動，而影響未來整體的福利政策？太多的不知道與不確定性，讓金門的未來充滿不可知的變數！午夜夢迴之際，有識之士是否領悟，一己之私，或將影響金門整體之永續發展，豈能不慎乎！

原載金門日報言論廣場

再談服務

金門日報在三月四日的第二版右下角的版面提到「提升服務品質縣府釐定計畫全力推動」，三月十八日的社論又提到希望公務人員能本著「主動」、「用心」、「熱情」為縣民服務。在短短半個月縣政府所屬的縣報，竟然一再懇求所有公務人員能真誠的為民服務，可見縣府真正體悟為民服務的重要，所以一再拜託縣內所有同仁能自我要求，做好為民服務的工作。主管單位的用心良苦，縣民可以感受到，但是如果如果僅在報上呼籲或建立如何全力推動之計畫，到年底再依考評論功行賞，或許也會有皆大歡喜之譏。其成效結果還是各部門的官樣文章，或是為辦活動而辦的行禮如儀，向上應付了事，向下便宜行事。最終，如狗吠火車，亦如耳邊疾風，稍縱即逝，何來績效可言？

要談服務，首先，先了解什麼是服務，服務：泛指在軟體上、並發自內心，以真誠為顧客（縣民）提供的勞務中，能讓顧客（縣民）滿意者。服務若以現代人的說法就是營造輕鬆，舒暢，親切的氣氛，和細心體貼的招呼，讓客戶（縣民）感到自然愉快，被尊重和禮遇的感覺。換言之，服務的本質必須要來自內心所應具備的真誠、親切、笑容與細心。

既然了解了服務是什麼，我們反躬自省每一個人內心是否具備了真誠、親切、笑容與細心。我們首先可以從出入金門最主要的兩個關卡，一一去檢視在現場的服務人員的服務態度，看看他們是否做到讓顧客（縣民）滿意，如果在第一線代表金門縣門面的服務人員，都無法讓顧客（縣民）滿意，其主管是否應該負責，或是再來開會檢討要如何改進。筆者昨天（三月十七日）在機場幫客人打包，我們自己操作，沒有人來問你，坐在服務台內的兩名服務員專心做她們的工作，我們打包好自己去填寫日期及名字（簽到簿可以找到資料），後來去量血壓，護士專心在打電腦（看影片），你量你的，她沒有絲毫要去幫你的意思，不是說她們是服務員嗎？客人都已經在前面了，還無動於衷，這樣的服務主管難道不知道嗎？還是主管因為會太多要開沒時間去督導？還是說一套做一套？還是服務人員有背景，不敢說？這樣的服務要如何觀光立縣？再到水頭看看手推車的品質與數量，主管們，你們自己去推看看，不是說這是我們的門戶嗎？這樣的手推車怎好意思給客人使用啊，在看看服務台的服務人員，或售票的服務人員，哪一個有親切的笑容，誰來和體貼的招呼旅客，如果這樣也可以算是在服務客人，縣府花再多的計畫或推動，會是緣木求魚，鐵樹開花啊！

目前因為金酒的利潤提高，於是鄉親辦酒牌的數量與日俱增，看看一個小小的菸酒牌照，鄉親要跑縣政府工商課、稅捐處、國稅局、酒廠，所需資料今天缺一項，明天再補上，為何橫向單位的聯繫這麼差，都什麼時代了，網路這麼發達，為什麼還讓鄉親東奔西跑？是本位主義作祟？不是說要提升服務品質嗎？不是說好的服務是營造輕鬆、舒暢、親切的氣氛，和細心體貼的招呼，讓縣民感到滿意嗎？縣民並沒有被尊重和禮遇的感覺啊。如果連這麼簡單的事情，都要把它給複雜化，造成鄉親的不便，何來服務品質可言？

前年（二〇〇）有一個節日的配酒，是需要縣民去酒廠排隊購買的，筆者也去排了四個小時，長長的隊伍，冗長的時間，激起多少年長者的怒火，當天我們連喝的水都沒有（是有飲水機但沒杯子），酒廠的員工在喝舒跑，不是說我們是消費者，怎不見親切的氣氛，和細心體貼的招呼，讓縣民感到自然愉快，被尊重和禮遇的感覺？沒有啊！這樣的服務業算服務嗎？當天的怒火也燒到議員，因為鄉親在罵說議員呢？這個時候最需要他們卻不見半個議員，有人回答說，議員的票是用錢買的，他們哪管我們死活。如果連這麼簡單的售酒方法，都可以激起這麼多的怒火，有關單位哪還有權力說要提升服務品質?!售酒方式追根究柢其實是公務人員不用心，沒有同理心，當天才會發生這麼多的糾紛和不快。既然公務人員沒有用心跟同理心，我們憑什麼觀光立縣？

要觀光立縣其實除了公務人員需要具備服務精神，所有從事觀光產業的服務人員，更是需要每一個服務人員在內心具備真誠、親切、笑容與細心。因為你們是在第一線，可惜，地區除了金坊及金寶來免稅店的服務是有到位的，其他的企業其實還有很多可成長的空間的。但最令人擔心的，其實是一些小型的餐飲或特色小吃店的服務，它們留給觀光客除了搖擺（閩南語）還有髒亂。如果以此要觀光立縣，豈不令金門人蒙羞。就如觀光客自北堤路往模範街，途中需經過老舊市場，其髒亂的形象更讓金門蒙羞，若以此大言觀光立縣，將把金門的臉丟到國內外！

要提升服務品質，希望縣政府帶頭做起，每一個到單位去辦事的鄉親，請給予問候、關懷，並主動協助其辦件，請不要吝於笑容，也請委婉告知所需資料及辦理之程序。地區其他從事服務業的服務員，請永遠記住你們可以營造購物的輕鬆，心情的舒暢，親切的氣氛，和細心體貼的招呼，讓客戶感到自然愉快，被尊重和禮遇的感覺。這才是一個優質的服務！而一個優質成功的服務，將會為人們帶來生活的美麗與銘感五內的悸動。金門的未來掌握在你們手中！

原載金門日報言論廣場

燒紙錢的省思

七月二十八日，金門日報在第四版的地方新聞中報導：金門年燒紙錢四千噸，汙染嚴重。若長期接觸將會帶來皮膚、呼吸道、神經系統方面的疾病，且每公斤可製造一點五公斤的二氧化碳，換言之，每年將製造出六千噸的二氧化碳的廢氣排放。

這個驚人的數字背後，它燒出了什麼問題？既然明知燒紙錢是有毒的，為什麼沒有政治人物、或官員、或學者、或有識之士挺身而出，呼籲地區民眾不要在燒了，為了自己、為了家人、為了地區環境、更為了這個地球，我們應將燒紙錢的傳統減到最低？為什麼這些長者在燒紙錢時，家中晚輩應該是目前社會之棟梁、或是有識之士，你們為何沒有站出來勸阻家中長輩？依然放任長輩無止盡在浪費金錢，製造出無形的但有毒的氣體來危害自己、危害家人、影響生活環境？或是目前在金門的有識之士，也相信燒紙錢真的可以讓神祇或好兄弟（老大公）或已故親人收到？真的相信燒得越多越有保佑？燒得越多越心安？抑或是只想當個孝順的人，不管長輩的行為是否合宜這個時代？政治人物是否考量著目前會堅持燒紙錢的鄉親是鐵票部隊，為了選票不敢得罪他們？我們回頭看看台灣最大的兩間廟，為了環保及不製造污染，都已經領頭不燒紙錢了，那就是行天宮及龍山寺，真是令人讚嘆啊！難道不燒紙錢關老爺或觀音佛祖就不保佑信徒嗎？不燒紙錢之後信徒有減少嗎？為什麼他們做得到？還是主事者已有領悟燒紙錢（像鬼神賄賂的行為）是只求自己保平安，不顧空氣污染及危害公共安全的無知行為。所以，他們斷然取消延續許久的傳統習俗，將乾淨的環境還給大家。或許，迷信的人都該向他們學習。

再者，我們必須要去了解為什麼有這個燒紙錢的習俗，追根究柢才能化解幾千年的迷信。金銀紙的由來有許多不同的傳說，其中最為大家熟知的是蔡倫造紙，及唐太宗夢遊地府有關。

東漢和帝時，宦官蔡倫用樹皮、痲絲、破布、魚網浸泡造紙，由於技術還沒成熟，紙質不良，乏人問津。面對著這樣大批的存貨，心中真是煩惱不已。後來，夫妻倆經過一番計謀，決定讓蔡倫詐死躺在棺材裡，將存紙裁成長方形並黏貼錫箔一束束的綁好備用。蔡倫病死的消息傳出，鄰里及親人紛紛前來祭悼，蔡妻以事先備好的紙分發眾人焚燒。如此，一星期後蔡倫復生了，眾人都感到困惑好奇。於是蔡倫就煞有其事的解釋；原來他死後到了陰間，遇到鬼差囉嗦向他索賄買路錢，他趕緊託夢給他的太太要她製作紙錢焚化，所以正當眾小鬼糾纏不放時，大把大把的經過焚燒後的紙錢從天而降，這些正是冥國陰間所用的錢鈔，鬼差見錢眼開，一高興就把蔡倫放了回來。燒紙錢可以買通鬼差，也可以讓死去的親人在冥國有錢花用，一舉兩得，所以後人就樂於焚燒紙錢了。

另有一種傳說出於唐朝：唐太宗因為自己最喜愛的大臣魏徵被龍王所殺而哀痛欲絕，昏睡數日。據說他在這幾天中遊了地府陰曹，在行經枉死城時，聽到許多孤魂在哭泣，打聽之下，原來是自己當年南征北討，打下大唐江山時犧牲的將士以及敵軍和無辜的百姓。這些冤魂逼太宗施捨，免除其倒懸之苦。唐太宗於心不忍但卻一籌莫展。此時正巧開封府有個大善人名叫林良，平時就樂善好施，當地的僧侶常以其名義燒紙錢，因而積存了多座的「銀庫」。太宗得知，便向他借了一座銀山分發施捨，才得以全身而退。太宗還魂後，派人攜帶所借銀錢及聖旨，到開封府歸還林良，林良說什麼也不敢收下。太宗就決定行功德，將這筆錢舉行水陸法會，建廟修祠，並特赦天下，廣召高僧超渡冤魂，訂定更明確的焚燒金銀紙的法要。

傳說既是來自皇帝，民間更加相信燒紙錢能讓往生的先人收到享用，幫助他們在另一個世界不虞貧困，於是金銀紙就這樣流傳下來了。

但據考證，祭祀用紙錢焚化的記錄，始於魏晉時代「據封演聞見記」，魏晉以來始有紙錢，紙錢始於殷長史南齊東昏侯，好鬼神之事，剪紙為錢以代束帛，致唐朝盛行其事，至唐書王嶼傳云，「漢以來，喪葬瘞錢，後世以紙寓錢為鬼事。」這是說從漢朝開始，人死之後，喪葬之時，要用錢幣與死人同葬。這個習俗傳至唐朝以降，每年的拜神祭祖，是我國民間流傳的習俗之一。依民習俗，年中三大節日上元、中元、農曆春節拜神祭祖是主要儀式，在焚香許願之後，燃燒紙錢是最後的過程，此時以銀紙、九金等為主。此外，從商的市井商賈，更是在農曆初一、十五或初二、十六日，備妥了牲禮素果及大量的紙錢來「買」通過往的鬼神，以利商業。此則證明，在我國唐朝時期已經盛行祭祀時燒紙錢了……。

再回頭看看這個傳統習俗，目前在華人世界裡，還有誰再燒紙錢？擁有人口最多的中國大陸，他們是無神論的國家，在台灣地區的中國人已慢慢感受到燒紙錢都是污染空氣及不環保的舉動。於是，他們有了環保概念，自動自發減少了燒紙錢的數量，將純淨的大地還給大家。而我們金門人呢？依然懷抱著那無知的傳統，依然自覺燒得越多越有福報？古時候的人，受教育的少，如井之蛙，資訊封閉，才會道聽塗說，以訛傳訛，無有止盡。現代的人普遍都受過教育，知好惡，明事理，資訊發達，如果是好的風俗習慣自然保留下來，如果是迷信的習俗，且會影響健康的傳統，有識之士是否摒棄它呢？為了自己，更為了我們的子孫。中元節將至，全島的普渡拜拜，讓我們擔憂今年又將製造出多少的毒氣？雖然說，中國人在生活習俗上，一向尊天敬地，重視祭拜，除按時祭祀鬼神外，更講究各種祭拜的禮儀，不敢馬虎。其中，每年農曆七月十五中元節，是閩南地區重要的民俗節日之一，每年到了此一時節，家家戶戶、公司行號及店鋪，莫不沿路設奠，準備牲禮，祭拜「老大公」與「好兄弟」，以祈求平安，而在每次的上香與祭拜之後，焚燒大量的金、銀紙錢，更是最後不可或缺的禮儀。不過您有沒有想過，在「燒金」「燒紙錢」時，化為「裊裊輕煙」，從金爐中所產生的氣體，究竟是什麼樣的成分？是否含有對人體有害的化學物質？為了維護消費者健康，消基會對於「祭拜用的紙錢」，曾經做過檢測，藉以瞭解祭拜用紙錢焚燒之後，到底產生了什麼東西？消基會表示，在樣品中所檢出的化學物質，經加以分析之後，其毒性物質以及毒性效應，對於人體的危害如後：

（一）「苯」此種成分具有毒性及麻醉性，可以由輕微的頭昏眼花、頭痛和興奮，演變到呼吸麻痺、驚厥或死亡的情形。患者表現有欣快感、腳步不穩和神智混淆的現象。

對眼睛、皮膚、呼吸系統、血液病變、中樞神經系統會有傷害。是一種致癌物。

（二）「甲苯」此種成分一經食入、吸入或是皮膚、眼睛與之接觸後，均會對人體造成累積性的影響，屬於長期慢性的毒性，對於人體所產生的影響，包括：慢性中樞神經受損，記憶力減退、睡眠不安和動作不協調，長期暴露亦可能影響聽力和引起皮膚炎。

（三）「乙苯」此種成分容易影響人體的中樞神經系統，性質上屬於中樞神經毒，吸入這些物質後，會刺激人的腦部，導致頭痛、噁心、喉嚨痛及流眼淚或造成流鼻涕等症狀。

職此之故；既然確定是會製造出有毒氣體，島內的有識之士們，我們是否應該站出來共同推行減燒行動，讓一年燒得比一年少，終至成無。因此我們建請政府：

（一）應速訂定紙錢類商品材料之成分規格標準以及相關檢驗方法，以維護民眾健康。

（二）加強對民眾宣導，建議民眾採納將紙錢採集中運送至焚化爐焚燒的新觀念，以避免有害物質對於人體健康造成危害，並造成空氣污染。

政府的公權力不彰，來自於官員的鄉愿；各宮廟的主事者或各族中長老者，脅持對傳統、對不可知的鬼神那份莫名的堅持，以為年輕者不懂事，不尊重鬼神。其實，在夜深人靜之際，多少人在假借鬼神之名，成全個人的「面子」？明知燒金紙對身體不好，直接影響後代子孫的生長環境，明知在其他地區的華人，為了環保不再擁抱先人的傳統，而我們金門卻反其道而行，是因為我們金門是文風鼎盛的聖地？還是因為我們金門是「海濱鄒魯」？而自以為優越於其他華人？抑或是自以為是中華民族五千年道統傳承者？有識之士們，午夜夢迴之際，汗顏否？

再者，對於根深蒂固的鄉親們建議：

（一）燃燒紙錢時，儘量不要過於接近燒金爐，最好站在上風處，以免吸入過多有害氣體，並且儘量應減少在金爐附近停留的時間，並且燃燒紙錢的地點，以在通風良好的場所或戶外場所燃燒紙錢最佳。

（二）燃燒紙錢時，一定要注意餘燼是否燒盡，才不致釀成失火意外。

（三）根據「空氣污染防制法」的規定，露天燃燒紙錢而產生明顯煙塵者，可處新台幣五千元至十萬元的罰鍰，因此民眾應響應政府所推廣的「集中焚燒」方式。

另者，所謂心誠則靈，民德歸厚，在敬天法祖、祭拜鬼神之餘，民眾未必要焚燒大量紙錢，為身體健康計，且為環保盡一份心力，若將購紙錢的費用省下來，以適當名義捐給慈善或公益團體，其實也是一種對於祖先、鬼神及好兄弟的崇敬，更是一種做功德的表現。目前有人倡導以「功德狀」來取代，即以祖先或父母的名義行善，再將事蹟寫在功德狀中，於祭拜時將狀內事蹟念讀後，在爐內或另罈（碗）焚燒以迴向神明或祖先，作為功德收入，如此較為實際，更是真正的謝神報恩。這種方法比你拜三顆豬頭，甚至燒幾千幾萬張銀紙好，因為祖先最

比照行天宮與龍山寺的作法，只燒香不燒金紙，我想天上的神明一定能接受的。至於，對於其他神明的祭拜，我們可以需要的是「功德」，而不是「錢財」或者「祭品」啊。

金銀紙，在宗教上說是一種「冥錢」，燒起來可以通幽冥，當做錢來交易用的。這只是一種信仰心理上的安慰而已。如果把它燒了，幽靈真能收到，而且可以當做錢用，則死人就不怕沒錢用了，那麼世間的善事就沒人要做了，其所謂因果功德也就無從論起了。再者，其他教不燒金紙者，是否得不到庇佑了嗎？

古時的聖賢亦告訴我們一句名言：「毋念爾祖，聿修秉德。」意思是：每個人都不可忘記自己的祖先，果若忘記則一定不會有好日子過；所以對自己的祖先絕對不可忘記，同時還要時常記得以祖先的名義，為祖先做善事、積功德。這千真萬確的至理名言，若人人能如此，一代傳一代，為自己，也為了我們的後代子孫，這不是以『海濱鄒魯』自許者應有的領悟嗎？若仍執迷信而不悟，脅傳統而守舊，隨時代舞風潮，則不語文風與鄒魯，羞愧矣！

雖說每一個人活著都有承先啟後的責任，但不是把傳統的思維、規矩、法度、習俗等毫無保留傳給下一代。現在是四、五、六年級生要承接一、二、三年級生的道統，再傳給七、八、九年級生的時代；這個年代的承先啟後的工程，是一個上有壓力、下有抗力的尷尬。

人類的文明自蠻荒的無知，經過數千年的演進，生活在這個地球上的人類，透過文字、語言的溝通，不同族群的互動、激盪、貢獻，造就了今天輝煌的成果。而在演化的過程，每一代都能去蕪存菁，才有今天高度的文明生活。

而生活在地球村的我們，應該要有智慧去分辨如何去蕪存菁，在承接工程裡，我們應該不要再把無知的傳統包袱傳給下一代，讓他們的生活比我們好，讓這個地球的環境不要再受破壞。

孝順是我們中國人驕傲的美德，但不是每件事、每一種規矩、每一個傳統的習俗都要順著自己的父母或祖父母，一些不合時宜或對這個環境是有害的道統，我們這一代的人們不應該再盲目去順從，去作個愚孝的孝子。如果要讓我們的下一代過得更健康、更幸福、更自在的話，請不要給他們太多的枷鎖，畢竟；在未來的年代，我們的了子孫孫要在這個弱肉強食的叢林裡生存，是非常競爭與艱苦的！

農曆七月將至，燒金紙的炎炎火花，又將重演千百年故事，傳統迷信讓金門人蒙羞，也讓金門人永遠無法擺脫歷史沉重的包袱。璀璨的明天依舊遙遠不可及！

原載金門日報言論廣場

油電雙漲我們能作什麼？

這次油電雙漲，所有媒體都在沸沸揚揚的談論雙漲對百姓在生活上的影響。今年年初，當廈門地區上班族的薪資只有我們的三分之二，可是豬肉的價格比我們金門還貴，一個排骨或雞腿便當人民幣二十元（約合台幣九十至九十五元），麵包也比我們貴，油價更早貴於我們，可是在他們所有的媒體這類新聞的報導不超過一百個字，而且重點都在說中東將爆發戰爭，所以油價上漲，當然帶動其他物質也上漲，希望百姓共體時艱，沒了。百姓的日子照過，每一個人還照平常的生活作息，百業依舊運轉，我很少聽到他們在埋怨政府（或許是敢怒不敢言），有的只是怨恨美國人在背後挑起戰爭。

在金門，油電的漲價，也比較少的埋怨，因為金門的福利是全國最好的，有一個阿婆就說沒關係啦，我再賣一瓶酒就有啦。是啊金門人比較沒有受影響，尤其是金門人的家庭幾乎都有兩台電冰箱，而且冷凍庫的容量都要大於冷藏庫，考其原因，是因為金門人的拜拜每次都需要很多的供品，其中以油炸食品最多，人口少食物多，一兩餐不可能吃完，所以就需要大的冰箱，如果金門有一萬個家庭，就會有多了一萬台冰箱，這些冰箱是二十四小時日以繼夜地在運轉，每個月將消化多少能源？這些損耗和浪費為什麼沒有看到政府相關部門出來呼籲，請民眾將供品改成鮮花、水果或其他環保的物品，這樣就不需要使用兩台冰箱，就直接可以節省很多電能，雖然金門人的福利很好，不差這點錢，但就資源及環保而言，我們金門人似乎應該多少善盡地球人的責任，給子孫一個好的生活環境吧！

在台灣，我看到聽到太多人在埋怨政府，尤其強大的媒體一面倒的怪罪這個無能的政府，好像是政府無能去買到這麼貴的原油，害得所有物價跟著調漲，為什麼沒有人會跟大陸民眾一樣去思考這一切都是美國人在搞的鬼，為什麼政府有關單位的部門主管，不一再告訴國人我們購買石油的成本，才造成今天的油電雙漲；為什麼強大的媒體除了強力放送物價的調漲對於百姓生活的影響有多大，卻沒有任何媒體強力的呼籲民眾該如何去節約能源？從日常生活的習慣，從每一個人周遭環境之中，自幼兒以啟大學生的教育，一再教導每一個國民節約能源的觀念與重要性；並製作短片一而再、再而三地告訴國人地球上的資源會越來越少，我們應該共同珍惜它，使我們生活的環境更加清淨無污染呢。

同胞們，讓我們從現在開始，從我們的生活裡，永遠保持隨手關燈、關水、少浪費食物、愛惜任何堪用物品、減少自己開車次數、少開冷氣；政府部門要以身作則，讓全國都動起來，為了自己的荷包，也為了節約國家的能源，更為了地球的生存空間！雖然油電雙漲對於金門人的衝擊是最少的；但是少一台冰箱的運轉，對我們自身生長的環境是很重要的！

原載金門日報言論廣場

浯江溪生態保育背後的省思

本周金門地區引起最大的保育生態活動，莫過於浯江溪溪口的工程，直接破壞這個海域的生態，很多人開始如火如荼展開連署，為了都是要來保育浯江溪的生態。其關心熱愛地區生態的熱誠，令人感動。筆者之前是商人，退休後現在是閒人，也關心我們居住的環境，更關心百姓生命與居住周遭環境之品質。因此，個人對破壞這個海域生態的工程與地區經濟之發展，兩者衝擊出怎樣的火花，讓這麼多人大聲疾呼保育的重要。提出個人的觀點與看法，希望大家都能冷靜以對，共創三贏。

有人質疑說往水頭的車子有那麼多嗎？會堵車嗎？需要再開發另一條馬路嗎？筆者住水頭村後陳區，每天從我家門口出入的大小車，真是不計其數啊，尤其小黃因為要趕航班，疾疾而行，大型遊覽車更是從早走到晚，水頭又是重要風景點，一個小小的村莊除了要承擔交通流量，更要居民吸收多少的排廢氣？如果再有更多的觀光客，這個村莊居民如何能承受得了的？再說，政府為了興建碼頭，我們的蚵田被徵收了，目前正在填海造地，這麼長的工程時間，將水頭村莊原本湛藍的天空蒙上層層的灰塵，還有工程時製造出的噪音，這些不是一天兩天的事，而是長達一千多個日子啊。再者，原本就有的發電廠，不也是在我們家附近嗎？其製造的汙染不是我們在承當嗎？這些影響居民住宿品質及威脅健康的本源，為什麼沒有人幫我們出聲？水頭居民的生命不及浯江溪的生態？到底是人命比較重要，還是白鷺鷥？還是紅樹林？住在水頭的居民已經沉默太久了，承受太多的無奈了。

當初，金門要發展觀光，要以觀光來立縣，而最重要的客源在大陸，他們必須搭船來金門做觀光活動，就需要碼頭來停靠啊，所以選擇水頭碼頭再將之擴大，因此徵收了我們原本的蚵田，當時就知道出入的交通要道無法經過水頭村莊內，因為村莊原有的道路無法再拓寬，必須另闢道路出入啊。那當初政府相關單位在規劃時，是否公告？是否讓鄉親知道？是否讓環保人士知曉？如果當初就知道這個規劃案，關心環保的人士應當在當時就提出異議，而不是等到塵埃落定，工程發包之際再來抗議，那工程如何進行？既然要發展觀光，碼頭及其相關工程勢必要做的，不然鄉親生計如何維持？如果把紅樹林保護好，把白鷺鷥顧好，百姓就有飯吃，我們當然不需要再發展觀光了。以一個海島而言，要生存原本就不容易了，金門除了生產高粱酒，我們還有什麼可以揮灑的？不是只有觀光產業嗎？既然如此，還有什麼比發展觀光更重要的？還有什麼可以餵飽百姓的？如果連百姓的肚子都無法填飽，百姓還會關心白鷺鷥嗎？在關心生態之前，請在水頭住半年，你們親自去體會水頭村百姓的生活品質及空間，再來談環保吧。否則你叫我們村內的居民何以心服？如果住在水頭村的居民都不被重視，幹嘛關心生態的維護？我們水頭的居民生命真的比不上紅樹林？為什麼出入的交通不能另闢道路？為什麼不給我們一點生存空間？只願意給白鷺鷥於生存空間？這樣對我們水頭村的居民公平嗎？在關心環保之前，你們應當先考慮當地居民的生命吧。或許，所有關心環保的人士沒有人住在水頭吧，因為汙染不在你們家，所以你們可以理直氣壯要環保。我們水頭村已經承載太多太多了，可不可以幫我們分擔一點？雖然是以破壞生態換來的，但畢竟人命比生態重要吧。

政府要發展觀光，就必須建設，要建設就會破壞生態；環保人士要保育，要保育就要保持原狀，不能破壞環境；前者是要養活百姓，後者是要保有原的生態；這兩者之間可能找到平衡點嗎？不然雙方都說有理，而百姓呢？到底要聽誰的？要支持誰呢？

還有環保人士應該可以去思考，其實汙染金門最嚴重的事是燒金紙，每年燒金紙所製造的汙染是否大過浯江溪的破壞，當百姓還無知的再燒金紙製造二氧化碳，怎不見環保人士出來呼籲？看看每年金城的迎城隍所燒的金紙數量，也不見環保人士？而一個小小的浯江溪就值得你們大張旗鼓？是燒金紙嚴重還是浯江溪生態比較嚴重？是怕得罪家中長老？還是你們也相信燒得越多越有保佑？百姓在燒金紙時你們在哪？午夜夢迴，捫心自問，金門的未來到底是發展觀光重要還是生態保育重要?!

不過百日，一年一度的迎城隍慶典活動，又將敲鑼打鼓，且讓我們拭目以待，看看今年燒金紙的數量是否足夠喚醒自以為是金門的環保人士吧。

如果你們要阻止政府再闢道路出入水頭碼頭，請你們先問問住在水頭的鄉親吧，或是你們去體會之後，再去動作吧。千萬不要把破壞生態強加在我們水頭村的居民，我們承受不起的。

不然，如果我們也把出入的道路拉起布條，只請給我們一個寧靜的生活環境吧。這個要求會過份嗎？相信每一個鄉親心中自有一把尺。

原載金門日報言論廣場

如果金門有環保人士

如果金門有環保人士，請幫我一起站出來呼籲社會大眾，拜託不要再燒那麼多的金紙了，不要再製造出那麼多的汙染了，個人的力量太微薄了，而且位微言輕，沒人甩你，把你當瘋子，如犬吠火車，起不到任何作用，縣政府也只能行禮如儀，拜託縣民盡量少燒金紙。可每年的六千噸金紙焚燒的黑煙蘢罩在原本湛藍的金門上空，幾十年幾百年來卻不見有關環保人士出來呼籲、拜託大家，少燒金紙，少製造出汙染源，就如同這次保護浯江溪的行動，這令人感動的聯署，呼籲及實際行動；如果也將這種精神與行動來喚醒百姓對於燒金紙的呼籲，年年如此，天天如此，個人相信金門長年的陋習將會有所改進。還好有這次的浯江溪事件，讓筆者看到一線曙光，原來金門還有環保團體環保人士，所以是不是也請你們一起出面如同這次的護溪事件，再三懇求鄉親長老不要再燒那麼多的金紙了，這種傷民破財的行為，是否可以藉由你們高貴的情操及令人尊敬的身分背景，拜託鄉親有誠意就可以了，不需要燒那麼多的金紙才會有保佑；平常多做善事、多做公益、多關心家鄉的生活環境，若能如此，才能得到菩薩的保佑，祖先的庇蔭，金門的上空也將會是湛藍的，空氣亦將是清新的。因為你們是有身分的，有份量的環保人士，唯有請你們出來幫忙共襄盛舉，鄉親長老才會知道原來燒金紙對我們人體或整個環境是非常重要的。不然，縱使筆者聲嘶力竭，愁斷柔腸也無法影響其於萬一也。

金門長久的燒金紙，所製造的汙染已嚴重影響地球的生態了，生活在咫尺天涯的地球村裡，我們應該善盡身為地球上的一份子所應盡的責任與義務，好好珍惜我們周遭的環境，減少各種浪費，減少各種自然生態的破壞；為了自己，更是為了我們的子子孫孫的生長空間。職此之故，懇請當地的環保團體或環保人士們，不要以為浯江溪的生態對金門是非常重要的，每年浪費在拜拜的各種供品及燒香與金紙，其所製造出來的資源浪費與對環境的破壞，是無法估算的，這些現象所製造出的生態環境破壞絕不亞於浯江溪啊！既然大家有心為了這個家鄉，請將所有力量與精力用在這裡吧。再過不久，一年一度的迎城隍民俗慶典即將隆重啟動，請環保人士利用各種通路、關係去影響鄉親，並將如同這次保護浯江溪的行動，趕快發起聯署活動，大聲呼籲及實際行動，請鄉親節約能源、減少資源的浪費，喚醒百姓對於燒金紙的迷失，屆時且讓我們拭目以待，看看今年百姓是否從善如流，亦或是仍然隨波逐流，依然故舊，那麼，環保人士所期望的保護浯江溪行動，依然無法得到百姓的認同與重視，則浯江溪的生態保育活動對百姓僅如看一般新聞如此而已，不出幾日即隨風而逝。是故，浯江溪的生態保育與浪費在拜拜的各種供品及燒香與金紙，同樣是在破壞環境的行為，對百姓並沒有任何感覺或悸動。前者，可以表現出百姓或許認為金門地區要發展觀光，尤其是水頭碼頭屆時將有更多的陸客前來金門觀光旅遊，多數百姓需要一份工作，所以他們認為水頭碼頭聯外道路是必須的，或許在他們而言，自己的肚子如果無法填飽，遑論百鷺鷥或鸎，他們也或許認為要有環保生態意識，需先把人們自己的生計顧好，才有能力、餘力去做環保吧，不然他們怎麼可能為了白鷺鷥或鸎而不讓政府去做聯外道路，那如何發展觀光？如果沒了觀光業，他們的生計誰顧？在上層或生活無虞的專家學者們，在提倡環保之前，應該先考慮百姓的生計，唯有如此才能將保育概念深根於百姓心中。

再談到後者，三百多年來百姓們的祭拜，傳統觀念已經根深蒂固的深植在浯洲的內心裡了，在思維上已經中毒太深了，自以為只要遵循先輩的祖例，多燒香多燒金紙給神明，即是對神明的尊敬，即可以得到很多的回報與保佑，世上哪有這麼好康的事？無知且盲目的祭拜，已不在適合這個文明的社會了，而我們金門人卻寧願如此固執地囿於傳統。筆者擔心，若長此以往，金門的未來堪憂，環保的概念在這個世紀將很難植入浯洲人的內心深處！因此萬望在地的環保人士，請將更多的精力紓導百姓的迷障，給我們的子孫留下一個純淨的生長環境吧！

八三么的辛酸與貢獻

滔滔流水　帶走多少悲歡歲月　多少愁
離鄉背井　堆積多少空虛寂寞　多少淚
敞開蓬門　融化多少慾火鐵漢　多少苦
槍進槍出　滿足多少官兵需求　多少酸
人來人往　嚐盡多少聚散離合　多少恨
為國為軍　奉獻多少青春肉體　多少罪
花落色衰　戰地柔情一生功績　無人知
人去樓空　後人評斷犧牲貢獻　誰人憐

每每帶團進入小徑的特約茶室（軍中樂園，俗稱八三么），引導旅客講解其成立背景與年代，並敘述來自台灣本島的服務小姐，為了家庭的經濟的壓力，離家千里出賣靈魂，賺取微薄的錢財；而在金門的十萬大軍，也都是離家背景的天涯淪落人，內心的寂寞、空虛、無助以及思鄉的情愁，長年地積壓在官兵的內心深處。於是，尋找片刻的慰籍，只有在固定的特約茶室

（八三么），才能滿足生理的需求。

送團回家後，每當夜深人靜，萬籟俱寂之際，思及此，莫不義憤填膺，想這長達四十餘年來在金門離島服務的寶島姑娘，應有數以萬計。她們的一生完全奉獻在前線，把青春的肉體、花樣年華給了孤獨的官兵，以金門為家、以八三么為室，日以繼夜，四季更替，年復一年，最終，花殘色衰之際，默默地回家，沒有退伍的歡愉，沒有應得的榮耀，沒有掌聲，沒有退休金，沒有十八趴，只有疲憊的身軀，受創的內心，晚年沒有家庭，沒有兒孫圍繞，更沒有榮華富貴，只剩孤獨將陪伴其走向人生盡頭，終了更沒有人送上山頭，人生莫此為悲啊。

花樣年華　淪為軍妓　離家千里　難忍思鄉苦
日日接客　夜夜漫漫　隻身影單　最是寂寞時
身處戰地　烽火連連　風聲鶴唳　無一日之安
一生青春　萬般柔情　撫慰官兵　誰憐心中苦

這是在特約茶室（八三么）服務的姑娘們，她們在內心深處的吶喊，有誰能了解她們？職業軍人退伍有退休月俸，有十八趴，她們呢？一樣在前線服務工作，一樣的漫長歲月，一樣的炮聲隆隆，一樣的寂寞孤獨，誰來安慰她們，誰來同情她們？在前線奉獻一生卻無法享受軍人的福利，這個國家、這個軍隊欠她們一個公道，尤其是金門縣政府更應該感謝她們，如果不是她們長期在這裡撫慰官兵，十萬大兵的情慾將無以宣洩，人類最基本的需求無法滿足，將造成百姓的女性同胞多少的傷害啊，我們其實是要感激她們的，我們應該要自動邀請她們成為我們的榮譽縣民的，讓她們享有金門人的福利的，政府應該代替女性同胞感謝她們的付出啊。

再者，如果不是她們無怨無悔的付出，在軍中勢必因為生理上的需求，而造就許多的同性戀者，對於正常的男人，對這個社會最終或許會製造諸多不幸與傷害的；所以，這個國家、這個社會對於默默地以不同的方式在報效國家的她們，我們虧欠她們太多太多了。

如果當年沒有她們的犧牲奉獻，誰來撫慰十萬大軍？沒有她們無私地敞開蓬門，誰來疏通十萬大軍的慾火？沒有她們的柔情，誰來穩定軍心？如果沒有她們來滿足官兵需求，金門地區的婦女何來安全？

如果還來得及，相關單位或許可以找到她們，請給予補償吧，或者照顧其後半生，讓她們不要再為生活而憂愁了，我們欠她們太多太多了。

如果這個國家、這個社會還有良知，請趕快行動吧，不要讓她們游離失所了，給予幫助吧，拿出道德勇氣向她們道歉並還給她們尊嚴吧，給予她們最好的禮遇，給她們過幸福的餘生吧。這些無名英雄對國家、對金門貢獻太大了，太多了。我們應該向她們致敬，金門人不應該輕蔑她們的，金門人更應該誠心地感謝她們的犧牲奉獻並給予無限的祝福的。

殘花殘　落葉落　無情歲月無情風
空對月　月夜愁　孤身落寞誰人知
一生罪　罪一生　蓬門到底為誰開
為誰開　為國家　殘花敗柳一身病
一身病　孤伶仃　捨身報國留青史？

為國為家犧牲的將士，可以進忠烈祠，可以名傳千古，長期在前線為國家犧牲奉獻的八三么軍妓呢？她們在花落人亡之際，國家回報給她們的是什麼？有讓她們很有尊嚴的走完餘生嗎？有給她們掌聲嗎？她們可以留青史嗎？在兩岸的對峙中，在砲聲隆隆的年代，她們用身體報效國家，以一生的青春歲月奉獻給國家，她們不應該得到國家的褒獎嗎？不值得得到應有的敬重嗎？她們的付出無人可比啊！請政府、國防部及金門鄉親向她們致上十二萬分的感謝及祝福。

我們需要一日遊的陸客

縣政府為了要增建水頭聯外道路，必須通過浯江溪口，很多學者或保育人士提出異議，在昨天（二十四日）下午縣長與上述人員溝通、解釋，期間有民宿業者說：「不需要增建，只需要將原來的道路拓寬為四線道」，又說：「金門不需要一日遊的客人，我們需要的是漫遊的客人。」前者構想很好，但進入水頭村的道路是不可能拓寬阿，因為百姓的房子不可能讓你拆，再說，我們水頭村已經承載過重了，當地居民已經相當厭煩了，每天出入的大小車，再加上進入村內旅遊與住宿的人車，已嚴重影響居民的生活品質與生命安全了，未來陸客進入金門旅遊或中轉的旅客勢必增加，車流量自然增加，我們水頭村怎能再承受更大的交通流量？這位民宿業者也是在水頭村，難道無法體會居民的感受嗎？我們不敢要求回報，但既然在我們村內經營民宿，難道不懂得如何做好鄰里關係嗎？怎會忍心還讓更多的車子進入我們村莊內？還是認為我們村居民的生命真的比不上鸞與白鷺鷥？寧願支持生態而視我們水頭居民如敝屣？如果看不起我們村居民，那怎能還要繼續在我們家經營民宿呢？就不怕命賤的我們濺傷了高貴的情操？不要以為翅膀硬了，就可以忘記是誰給的機會，誰給大紅大紫的？是我們水頭村啊！怎能眼睜睜看村民的生活秩序被破壞呢？怎能讓我們村民再承受更多的負荷呢？

再者，這位民宿業者說：我們金門不需要一日遊的客人，只需要漫遊的客人，此言差矣，可知道現在在金門有多少人必須依靠陸客一日遊來訪的收入，才能養活家庭？遊覽車、導遊、司機、購物站、餐廳、旅行社等等相關產業，每一個人代表一個家庭，如果沒了陸客，讓他們何以維生？經營民宿，需要的過夜的旅客，一日遊的旅客不需要住宿，當然不是民宿業者的客人，可是卻是上述相關產業的客人啊，怎麼可以如此自私說：我們金門不需要一日遊的旅客？不是民宿業者的客人，卻是他們之所需啊！這位民宿業者怎能如此斬釘截鐵地說：我們金門不需要一日遊的旅客？讓導遊、司機還有那麼多的人日子怎麼過？再說這位民宿業者之前也是經營旅遊業者，怎能忘了金門這些旅遊業者的生路呢？

我們金門確實是需要一日遊的陸客的，君不見這兩個月尚不見陸客來訪，影響多少家庭的生計？多少人暗自悲傷、難過、着急與無語，誰來幫助他們？誰來幫他們繳貸款？誰來幫他們支付孩子的補習費用？誰來幫他們繳交在台灣的孩子的生活費？所以，我們金門確實是需要一日遊的陸客的，希望有識之士或有錢之士或環保人士，如果你們已經是無後顧之憂了，請換位思考，中下層還有很多人很多家庭需要陸客一日遊的收入啊！請給他們一些生存的空間吧，不然他們會相信，他們的命比不上「鱟」與「白鷺鷥」的。

原載金門日報言論廣場

金門觀光業的永續經營

金門開放觀光產業，已屆滿二十年了，這二十年來吸引觀光客的是「神祕」、「好奇」、「戰地」，這二十年終於被掀開這神祕的面紗，也讓所有的觀光客一窺其究竟了。這二十年來除了高粱酒的生產線所需員工之就業機會，觀光產業其實創造出更多的就業機會，也直接帶動地方的經濟榮景。從解嚴開放觀光之後，金門的觀光產業，如呱呱落地從零學習、茁壯、成長，以啟今天觀光產業之蓬勃發展，開創金門之觀光業如雙十年華之青年。未來將要展翅高飛，將下一個二十年揮灑出更輝煌的明天！

而要大鵬展翅，必先做好展翅之準備，過去這二十年是以「神祕」、「好奇」、「戰地」來吸引觀光客，那未來的二十年呢？過去的賣點已無法再滿足求新求變的旅客了，我們必須以創新的產品，開創新的服務內容，提供觀光客更多樣化的服務，才能滿足旅客之需求，也才能再創未來二十年的輝煌，使金門之觀光業得以永續經營與發展。

要再創未來二十年的輝煌，必須先反思，過去這二十年來觀光業之經營歷程，觀光客對我們所提供的在硬體或軟體上的服務，是否還有改進的空間？就官方或觀光產業業者需要做怎樣的改善與提升？再者，又需提供怎樣的創新產品或服務，才能滿足觀光客的需求？筆者以多年之經驗及現在尚在線上服務，旅客的回應資訊，得知過去二十年之不足或不滿，及未來要開展新局該如何改善之前的不足，又如何去創新產品及更精緻的服務，逐一分析如下，希望對官方或觀光產業業者能有所助益。

首先，反思過去二十年來，一般觀光客對於金門地區的旅遊環境，相當滿意（除了金城東門市場至貞節牌坊段），乾淨整潔如圖畫，百姓熱情好客，購物價格實在，景點之洗手間衛生佳，導遊解說能力強；但在行程上，有太多的紀念館，多在看圖說故事，多是靜態的行程，雖說有四大旅遊特色文化（戰地文化、閩南文化、僑鄉文化、酒香文化。），卻無法引起旅客的共鳴。在住宿方面，飯店房間若鋪地毯，會有霉味，裝潢差又簡陋，在市區的飯店會有Inside房（無窗房），在郊區之飯店內無其他周邊設施，早餐品質差。這種住宿條件是無法吸引高階的旅客的。在Night-Tour（夜間活動）是最受旅客詬病的，漫漫無聊的長夜，逐漸磨掉白天對旅遊環境之讚賞，將不再有再一次的光臨了。在用餐方面，菜色變化少，菜量份量少，且鮮少地區風味菜餚。散客自由行最怕金門的道路規劃，做得不夠詳盡，也沒有英文指標；團體最在意的是購物點太多。

既然，了解了過去二十年來，金門觀光業為旅客所詬病的種種，我們應當要有「悟以往之缺陷，鑑來者之可追。」的胸懷，共同將此缺陷逐一改善，則未來的輝煌可期。首先，我們必須要先有共識，要發展金門的觀光業，我們最大最佳的賣點是什麼？在這四大旅遊特色文化當中，戰地文化勿庸置疑是金門最主要的賣點，所以應當在戰地文化特色的著墨更多、更深、更廣，才能吸引更多的旅客。

職此之故，軍方的舊營區，既然已經交還給縣府，縣府應當選擇二至三個有特色的舊軍營，規劃不同的產品內容，依據不同的營區，設計不同的遊戲內容，如：五項戰技場、利用碉堡改建成特色民宿、野戰訓練場、傘兵跳傘、ＢＢ彈射擊場、著迷彩服玩漆彈對抗賽、砲操表演、恢復軍人宿舍、享用軍中菜餚、恢復中山室、崗哨、單車障礙車道等等項目，讓旅客親自體驗在戰地的氛圍，這是世上唯一僅有的旅遊項目，況且，未來金門的觀光客將有80％來自大陸，因大陸男子不需要當兵，所以這個以軍中生活為主的項目，將會吸引陸客的青睞。再者，開發成功與泗湖之間美麗的沙灘，建構豐富的水上活動及熱氣球，在夏天可以吸引年輕人及居住在內陸的陸客；利用翟山坑道與小金門之九宮坑道之間以小艇連接，讓旅客享受不同的藍色公路之風光；在百姓家規劃一系列地方口味的小吃（如：紅粿、發粿、甜粿、鹹粿等等），讓旅客以ＤＩＹ方式享用自己做的產品；在Night-Tour（夜間活動）的規劃，夜市是首選，如何規劃一常態性夜間街市（吃喝玩樂都有），滿足旅客在夜間之需求；鼓勵台商來金設立如廈門之足浴、卡拉ＯＫ、三溫暖及桑拿等休閒娛樂，不要讓觀光客說我們金門是好山、好水、好無聊；在住宿上應再積極招商，以ＢＯＴ方式招商在成功與泗湖之間美麗的沙灘的岸邊，建設如峇厘島的獨棟套房，備廚房及泳池，以金門沙灘之美必能吸引高階客群；鼓勵所有民宿應加強在軟體的服務，並聯合鄰近之民宿共同舉辦不同的Night-Tour（夜間活動）的規劃，而民宿的周遭整體環境亦應維持良好的整潔；針對散客的自由行，再規劃道路指標上，應將導引方式更改為在馬路上漆以各種不同的顏色，以顏色來引導散客；就團體因各個旅行業者之競價，導致必須依靠購物回扣來彌補團費之不足，相關單位應當公佈一日遊最低費用、二日遊最低費用、三日遊最低費用，若旅客低於這個費用，當然需要去停靠購物站啊。

再者，金門這四大旅遊特色文化當中，酒香文化其實還可以做得更好，比如說酒廠可以做一透明的參觀走廊，藉由這個走廊去作講解製酒之過程，並說明適度的飲酒對身體的益處，相關的附加產品如高粱面膜、高粱酵素之功效等等，必能刺激買氣，提高酒廠之收益，讓金門高粱酒之酒鄉文化得以發揚光大。

金門要發展觀光，是需要所有縣民的認同的，產、官、學必須相互配合支援，但在金門若要以戰地的特色來招攬觀光客，還需要軍方的幫助的，若軍方能釋放實彈讓旅客作實彈射擊，這才是影響金門觀光業能否永續經營最重要的動能的；不然，金廈或金嶝大橋的興建，將金門當作廈門的後花園，也是我們金門最後的選項了。未來的二十年金門的觀光業之發展，有賴於所有縣民的智慧，希望能再造輝煌的旅遊勝地。

原載金門日報言論廣場

金門觀光業發展的阻礙

筆者前一篇談到金門觀光業的永續經營，作為一個經營觀光產業已有三十年之業者，深切了解觀光客之需求。因此，分析了金門若要持續發展觀光業，所必須具備的條件，若無法適時改善，未來金門的觀光業要持續發展，令人堪憂啊。可是除了在行程上增加讓旅客親身去體驗各種不同的旅遊項目、並提升住宿品質條件及在Night-Tour（夜間活動）作適度的排遣活動，過去二十年，或未來的二十年金門在發展觀光產業上到底有怎樣的阻力與障礙？

一般阻礙可分為內部因素與外在因素，外在因素所造成的阻礙是天候、政治、疫情、經濟、戰爭或其他元素造成在安全上的顧慮等等方面所造成的因素，而直接或間接的影響來金觀光或旅遊的動機。這外在因素是吾人所無法掌控或左右的。內在因素所造成的阻礙，又可分為旅遊地區提供相關在硬體設施的阻礙，及在軟體服務之服務態度與服務精神；就以來金門觀光之客源，剛開放觀光的前十年是以台灣地區的民眾為主，極少數是來是外籍人士，這十年來的外在因素造成的阻礙是天候，每年春夏交替之際所產生的海霧，嚴重影響台金往返交通的正常飛航。後十年是大陸地區來的旅客正逐年增加，未來二十年或更久遠，來金門的觀光客約有百分之八十是來自大陸地區的民眾，其他百分之二十將來自台灣地區或新加坡、馬來西亞、香港、澳門等地的華僑與港澳居民為主，因此，金廈兩門的交通將直接影響金門的觀光業的發展，尤其是每年春夏交替之際所產生的海霧，嚴重影響出入交通的正常遂行。當然，兩岸的政治發展、疫情的發生、戰爭的氛圍及其他足以影響旅客安全的因素，亦將直接或間接影響金門觀光業發展的阻礙。內部的因素所造成的阻礙，分為在硬體設施的阻礙與在軟體服務之阻礙；在硬體設施上的提供，筆者在上一篇就「金門觀光業的永續經營」一文中，就過去二十年來所提供的在住宿條件、行程上及Night-Tour（夜間活動）的不足，已經造成諸多的詬病與阻礙，自詡為海上公園，卻因上述因素造成來金旅客的失望，尤其是Night-Tour（夜間活動）的缺乏，嚴重影響旅客的興緻。

長此以往，對於金門的整個旅遊形象，將被口耳相傳所戕傷，實非所宜啊。而在軟體上所提供的服務，更是金門發展觀光業的最大阻礙，金門因長期以來，參加團體旅遊之觀光客約佔百分之九十以上，僅近幾年來才有散客自由行，既然是參加旅行業的組團觀光，同業之間為了要取得客源，降價是不二法門，甚至低於成本也在所不惜，然後再回頭去摳扣司機、導遊的小費與出團費，並降低用餐的水平，景點如蜻蜓點水，再把更多的時間花在購物站點，目的要旅客採購更的農特產品，旅行社從中取得傭金以補團費之不足，惡性循環的結果是最終司機、導遊何來的服務？旅行社的經營艱困，誰願意去開發、創新行程？誰又願意提供更精緻的服務呢？誰還關心旅客在夜間活動要作什麼？旅行業者競價接團其實是目前金門觀光業發展最大的阻礙啊。可是，這是自由經濟的國家，官方卻無法以律法來約制，只能道德勸說，其效果將如緣木求魚、鐵樹開花，難啊！只是這個阻礙卻造成三者都輸的局面，旅客，司機導遊與旅行業者，沒有一方是贏家。

再者，未來影響金門發展觀光最主要有三大阻礙，第一是水資源的匱乏，幾百年來金門如同地球上的任何海島，因沒高山故無從集水，且金門下雨不豐，百姓皆使用地下水，長此以往，地下水終有用盡的一天，若不幸被海水滲透，金門百姓將無水可用，因此，多年前地方政府即懇請台北的政府能准於向廈門買水使用，但歷經了兩任的總統，不同的政黨執政長達十幾年來，依然還停留在評估、審慎、國家安全、兩岸的關係、替代方案。而金門地區百姓若再持續向地下取水，待地下水枯竭，生活在這個島嶼的百姓將何以為飲？支撐金門命脈的高粱酒亦將斷炊，金門何去？金門離廈門的二嶝島約三至五公里，金門與台灣本島最近是兩百三十九公里，屆時，金門的水來自何方？

再者，未來影響金門發展觀光最主要的第二大阻礙，是電力資源的匱乏，這個與水一樣重要的電力，金門要發展觀光，必須要先有硬體的建設，要建設需要電力，未來要經營更需要電力，現在的社會無電力，百業將無以為繼，以金門目前的火力發電成本每度約需十一點二元，且又造成嚴重的汙染，百姓每度電約需僅付二點八到四元，其中的不足款縣項是由縣政府編列預算在支付的，最終還是我們百姓在買單的；那為什麼不同意我們向漳州的台塑（王永慶）發電廠買電？難道他還會加高電壓來電死我們？或是破壞我們的電器產品？其實買電跟買水是一樣的，台北的政府永遠以台北的思維在管控金門，當年「恐共」的心態永遠深植在台北的政府與官員之腦海裡。

如果一個海島沒了水與電，遑論發展觀光業，金門的水與電其實是金門要發展觀光業最大的阻礙，這個阻礙不排除，我們看不到金門的未來在哪裡？這個阻礙直接影響金門經濟發展的前景及金門百姓的生活；影響所及，金門觀光業的未來將原地踏步，沒有水電的推進，金門要發展任何產業，如海市蜃樓！

還有，未來影響金門發展觀光第三個阻礙，是人才的匱乏，各種專業的人才，尤其是中高階的管理幹部，所幸金門大學與銘傳大學均有相當多的專業科系，只可惜尚無實際經驗，假以時日，應可重用。只是如果不是在地人，要以什麼條件才能留住人才呢？這是政府與觀光產業主事者需要去思考及解決的問題。

要能順利發展金門的觀光業，最好的辦法就是建設「金嶝大橋」（金門至大嶝島），一來可以排除每年因春夏交替之際所產生的海霧，嚴重影響出入交通的正常遂行，若能建立金嶝大橋，兩岸可經由大橋，方便台商與陸客雙方出入，此效益將直接帶動金門之經濟發展。二來再把水、電經由這座大橋之導引供應金門使用，讓金門有充分的水電可以使用，藉此發展金門之建設。最後兩岸亦因金嶝大橋之建設而連接之後，金門就不需要再去建設水頭碼頭了，聯外道路也就不需要再去開發新的道路了，浯江溪將依舊。可是這種可以創造三贏的條件，卻因反對黨或某些人士的反對而被擱置，豈不叫人扼腕！如果執政者有魄力，如果台北的政府能感悟金門人為了這個國家付出夠多了，如果犧牲有所回饋，如果台北的政府或官員能站在金門人的立場，同意建設連接兩岸的金嶝大橋，或許能彌補這個命運多舛的蕞爾小島於萬一，則是金門之幸，兩岸之福也。

爲烈嶼鄉之觀光業把脈

本月（四）十一日與烈嶼鄉上庫村吳氏宗親前往廈門、漳州及潮汕一帶進香拜拜，在車上，宗親希望以筆者之經歷，為烈嶼鄉的觀光業診脈，看看能否從診斷的結果，將任督二脈打通，以期發展烈嶼鄉之觀光業。

回家後，筆者深思身為金門人，應將所知、所學、無私地貢獻給故鄉，於是，就烈嶼鄉的觀光業，提出個人的看法，並深入剖析烈嶼鄉的SWOT（優勢、劣勢、機會與威脅），且提出改善或創新之構思，希望對烈嶼鄉的觀光發展有所助益。

烈嶼鄉又稱小金門，居金門與廈門之間，距離大陸最近者只有五千公尺，在戰略位置上可以說是「外島中的外島、前線中的前線」。由於未曾大量開發，仍保有樸實的農村景色，傳統的閩南聚落，更有蜿蜒的濱海大道，白色晶瑩沙灘，嶙峋壯闊的海岸及離島獨有的魅力。這是小金門的優勢（Strength）。

八十一年開放觀光之後，從台灣地區來的旅客，三天二夜的行程裡，一定會將小金門包含在內，可風光約十年之後，小金門的行程並沒有引起觀光客的共鳴，也沒有任何景點或特色商品，可以造成吸引旅客一定要來的理由與衝動。再者，與大金門同質性的景點，對團體而言，如九宮坑道與大金門的翟山坑道雷同，僅有湖井頭尚有看頭，烈女廟其實是購物站，根本沒有值得參觀的價值，觀光客怎麼會花時間（來回小金門一趟約兩小時）與金錢（船票＋車資），去拜一個跟他們沒關係的墳墓？既不是鄧麗君，也不是鳳飛飛；再說，金門未來的客源台客約僅佔百分之二十五，百分之五來自馬來西亞、新加坡、港澳地區或其他地區之外國人，百分之七十來自中國大陸，如果你是陸客，你會千里迢迢去朝拜所謂曾被共匪強姦致死而成神的廟嗎？而且陸客是無神的國家，他怎會去看一座墳墓？既不是王昭君，也不是楊貴妃。且紅高粱對面的鐵皮屋所形成的小型攤販，其髒與亂象，是小金門整體景點裡的最大缺陷。因此，旅客花了三百元（車、船）及時間只為了去看湖井頭一個點，（雖然，最近還有再增加三堡（將軍堡、勇士堡、鐵漢堡），但旅行社還不是很積極去做行程上的安排。）對觀光客而言是不划算、不值的，長此以往，小金門的觀光業當然會逐漸式微。再者，一個風景區如果只讓旅客參觀又不收門票，甚且來去匆匆，沒有讓旅客作過夜的停留，何來消費？這個地區如何發展經濟？這是小金門整體觀光業的劣勢（Weakness）。

既然已經知道小金門觀光業的發展，在於任（行程上缺乏賣點）督（無法提供特色之住宿）二脈未打通，造成觀光業的發展受阻，因此，如何打通任督二脈是鄉公所最重要的課題，也是烈嶼鄉要發展觀光的機會（Opportunity）。首先，烈嶼鄉自鄉長、公務人員以及全體鄉民務必要取得共識，大家摒棄私利，再集眾人之力才能將任督二脈打通，共同為烈嶼鄉的觀光發展盡己之力，上下一心，唯有如此，烈嶼鄉觀光業的發展才會有明天。

最後，再分析烈嶼鄉發展觀光業的威脅（Threat），這個威脅分別來自內部與外部的因素；內部的威脅一則來自於百姓對鄉公所的不信任與執行能力，再則是主管單位是否有心要把觀光搞好，主事者是否有擔當、是否有魄力？外部的威脅來自大金門更優質的旅遊品質，觀光客不願意花時間與金錢前來烈嶼鄉。因此，如何把自己做得更好、更優，才能吸引觀光客，是全鄉共同努力的目標。

剖析烈嶼鄉的SWOT（優勢、劣勢、機會與威脅）之後，應該將優勢予與發揮，大金門有閩南文化、僑鄉文化、酒鄉文化、戰役文化、免稅商品，那麼，烈嶼鄉（小金門）就該與大金門的特色文化作區隔。既然，烈嶼鄉是「外島中的外島、前線中的前線」，就將它所具備的戰地位置之優勢發揮得淋漓盡致，在行程及住宿上必須去創新，讓旅客有一定要親自來做體驗的理由，筆者將其整理分析於後：

一、設立「烈嶼戰鬥主題樂園」：擇一廢棄舊營區，恢復原有軍營規模，讓旅客著迷彩裝體驗軍人一日之生活，或集合唱軍歌、或早晚點名、或出操訓練、或洗戰鬥澡、或砲操表演、或漆彈分組對抗賽等等活動。

二、將三堡（將軍堡、勇士堡、鐵漢堡）之一的勇士堡，堡內在地面上與地面下的主要軍事設施（砲堡、中山室、機槍堡、戰車堡、彈藥庫、寢室）改建為碉堡民宿（外觀碉堡內裝新穎雙人套房及四人套房，讓旅客親自感受軍人生活）。提供世上絕無僅有的特色住宿內容，這是最大的賣點與體驗，自然會吸引觀光客的好奇，才有要去體會的理由與衝動，才能留下客人，留下錢財，創造商機。樓頂上裝修為咖啡觀景台，讓旅客能在此喝咖啡賞小金門之海域與對面廈門沿岸之風光，浩浩海上之船隻點點，海浪忽而漣漪陣陣，忽而浪花濺白，或夕陽餘暉，或燈火閃爍，體驗在前線對峙但無狼煙的氛圍中品嘗杯中飲品，享受生活之寧靜與沉澱。

三、將全島改為無碳島，單車、電動車、電瓶車是唯一的交通工具，就如廈門之鼓浪嶼，標榜無噪音、無廢氣，建立一個乾淨之島。並配合船班，利用電瓶車，做環島觀光之解說與交通工具，讓旅客不用擔心為交通工具而煩惱。

四、將東林村之街道，規劃以芋頭為主題的相關產品之銷售，並注入博餅（弈）的趣味性與話題，以期展延芋頭節，再創更多、更長久之經濟效益。

五、適當安排每天之Night-Tour活動，如：請當地長老訴說故事（兩岸對峙的戰爭等等）、DIY菜包或紅粿或其他地區風味的小吃、控土窯（燜土雞或芋頭或地瓜）等等夜間活動。不要讓旅客再說我們金門是好山、好水、好無聊了。畢竟，夜間活動在整個旅遊行程中，也是最重要的活動項目。

六、開發如之前的水中堡的特色民宿，或以碉堡為主的特色民宿，有別於大金門之閩南式或番仔樓的民宿，讓旅客感受不同的住宿的氛圍。碉堡民宿之設立終將深深影響烈嶼鄉觀光業的發展，這是全世界絕無僅有的特色文化民宿，烈嶼鄉有條件去開發這個具有戰地特色之民宿。

七、規劃環島單車路線，並沿途作路線之指標或在重要彎口設立服務站點，提供紙巾或茶水，或交通工具之保養服務，於景點時作導覽服務，方便單車族或租借電動車之旅客。

八、印製觀光護照，分A、B兩種券別，A券護照上包含：機場／碼頭到小金門來回接送，住宿（碉堡民宿一晚），早餐，午晚餐抵用券（一百元／人，讓旅客持券在東林街上自由消費，點餐超過一百元時，費用由旅客自付），環島電瓶車或單車，主題樂園門票。B券護照上包含：午、晚餐抵用券（一百元／人），環島電瓶車或單車，主題樂園門票。

總之：烈嶼鄉要發展觀光業，必須在交通上（完全電動化）的改變，住宿上的特殊性（碉堡民宿），親身體驗的行程（戰鬥主題樂園），膳食上的精緻（芋頭相關美食產品），貼心的服務（導覽服務、設立服務站點提供紙巾或茶水、或交通工具之保養服務），夜間活動（Night-Tour）的豐富性（說故事、各種DIY小吃或控土窯（焖土雞或芋頭或的地瓜）等活動。）才能吸引觀光客造訪，也才能有別於大金門諸多類別的文化，讓觀光客能有多一項的選擇。職此之故；如果有了硬體上的建設，再加上軟體上提供更精緻的服務內容，才能改變烈嶼鄉的觀光業發展；如果依然故我，無法自我檢討、自我反省，為何觀光客不來？比如你拿什麼特色產品來滿足觀光客？你有大金門的閩南文化，或僑鄉文化，戰役文化，或酒鄉文化，或免稅商品嗎？你有閩南建築文化的民宿嗎？你有番仔樓的特色民宿嗎？這些是整個金門地區最吸引客人的特色產品，你烈嶼鄉不過是僅有一項戰役文化，可是卻是身處兩岸最重要地理環境，有著「外島中的外島、前線中的前線」的優勢，為什麼不會將它發揚光大呢？而一再責怪旅行業都不安排旅客來烈嶼鄉觀光，或是認為縣政府沒照顧烈嶼鄉，或是對外（台客或陸客）一再行銷烈嶼鄉，沒誘因，再多的呼籲或行銷，觀光客是不會來的。因此，若無法改變這些思維，又再次錯失變革的契機，無法將優勢變為產品，烈嶼鄉觀光業之發展再沒有機會了；一日遊或二日遊的陸客或台客烈嶼鄉永遠分不到一杯羹，只有三日遊的客人勉為其難花兩小時，來去匆匆，對於觀光產業無法產生經濟效益；烈嶼鄉觀光業發展之劣勢永遠存在，內外夾擊的威脅將一直困擾每一任鄉長。

再談ＢＯＴ

國中同學（我們是城中第三屆）住東沙的王建裕先生，對於目前的ＢＯＴ案的看法，跟我不謀而合，除了一些中下階層鄉親認同我的看法，他是唯一有識之士（他在國、高中就已經開始寫文章投稿了，哪像我研究所快畢業才開始寫。）跳出來公開表明支持ＢＯＴ案的文人，讓我熱淚盈眶，感動莫名。我以為是因為我在台灣住太久，被台北的文化同化了，或是站的立場不夠中肯；在五年前我是個商人，長期經營觀光產業逾二十五年之久，已準備了豐盈的退休基金，五年前退休後就回大陸過退休生活了，直到兩年前才回金門，所以我不必為三餐奔波勞碌，但因有時導遊不敷使用，萬不得已才找我出來幫忙帶團，帶團當中看到了家鄉還有很多人再為三餐而奔波，除了金酒，金門還能從事什麼工作？還有什麼頭路可以找的？金門不可能還有農漁業，更不可能會有工業的，所以發展無煙窗工業的觀光產業，是金門未來的唯一選項，不管未來哪一個政黨，哪一個縣長來管理經營金門，是不可能放棄觀光產業的，這一點勿庸置疑，民代或縣長誰背離觀光業，鐵定是選不上的，如果連金門未來的走向都搞不清楚，你們哪有資格出來選舉？如果連百姓的需求是什麼都不了解，你們如何為選民服務？選民沒了工作，還會將票投給你們嗎？別傻了，如果你們還認為，到時只要用錢來買票就可以當選了，選民已經越來越聰明瞭，未來的選舉，他們都在看，誰在推觀光業，誰真正了解百姓需求，誰就會有票的，請不要再用庸俗的買票行為汙辱我們的未來。

既然發展觀光是金門未來最重要的課題，大家應該集思廣益，共同來思考要有怎樣的產品或服務才能吸引觀光客？需要開發怎樣的建設才能滿足旅客的需求？又可以提供怎樣的商品讓觀光客將錢留在金門？提供的產品或服務不是都要靠「人」嗎？這樣不是才能創造更多的就業機會嗎？如果沒了台開與昇恆昌的BOT開發案，誰能提供約兩千個工作機會呢？與其雜草叢生，與其閒置停放車輛，為何不去開發呢？企業有錢，縣府有地，各盡所能，各取所需；既可繁榮地方，又能創造就業機會，一舉數得，共創三贏！這是好的政策（我其實是不認同目前這個縣府的一些作為，但認同BOT的政策），真搞不懂為什麼有識之士或無後顧之憂者或學問越高越持反對意見？為什麼會認為縣府會把土地賣給財團？土地所有權還是縣府啊。會有BOT這個方案也是台北中央政府同意的，難道台灣地區的有識之士或無後顧之憂者或高學問者會持反對意見？那麼何來的高鐵？何來的雙和醫院？何來的恆春海生館？難道他們都是白癡？眼睜睜將土地賣給財團？圖利財團？沒有常識或知識也可以去看電視啊，怎麼思考的深度遠不及中下階層的鄉親呢？還說萬一如果經營不下去會使鄉親失業或企業落跑，這是你們多慮了，企業不是在擺路邊攤，它們一定會去評估可行性，它們一定有其生存之道，它們要落跑是無法將其建設搬走的，再說也會有收取一定的押金的，縣府不會坐視不管的。所以說該怕的應該是企業投資者，縣府及鄉親最後絕對是贏家。

會有人說我們不一定要去推ＢＯＴ啊，是啊，我們應該還有別的選項才對，都二十年了，有識之士或無後顧之憂者或高學問者你們一定在納悶？為什麼這二十年來不管哪位縣長，聲嘶力竭地到處奔走，舉辦過多少場招商說明會，花了多少經費，又送了多少的高粱酒，結果呢？這二十年來的旅遊品質（包括交通、住宿、膳食、景點、購物點）有改善嗎？你們知道為什麼台灣的企業不來金門投資嗎？最主要的因素是土地難尋啊，沒有土地如何開發？如今，縣府同意採ＢＯＴ方式招商引資，這是創造三贏的最佳方案，再錯過，金門將有更多的子弟需要去台灣或大陸找頭路了；或許你們不知道，昇恆昌的小太湖ＢＯＴ案流標三次，到最後縣府其實去拜託昇恆昌來標的，台開的風獅爺購物中心也是拜託國民黨去邀請台開來投資的，你們真以為台灣的企業願意來金門投資啊，他們說：把這些投資金額放在台灣，其實更穩更快回收。因為，陸客一定會去台灣，但不一定要來金門觀光啊。如果你是主政者，要如何去建設開創商機，創造更多的就業機會，讓百姓的生活更好，是民代及縣長的責任，當然需要努力的去發展觀光啊，不然，你們以為所有的百姓都可以當公務員啊。金門僅有金酒，沒了觀光產業，將會有多少子弟沒頭路啊。無後顧之憂者或軍公教或退休領終生俸者，請不要以你們的思維來判縣府ＢＯＴ政策是錯誤的，你們應該去思考如何才能讓自己的子弟有頭路，要怎樣來發展金門未來五十年的榮景，要如何改善我們鄉親的生活品質才對。ＢＯＴ政策不會將金門的土地給賣的，金門的土地永遠存在於金門這塊島上，誰也帶不走，我們每一個人走時也帶不走的。可

ＢＯＴ政策卻可以提升鄉親的生活品質更臻完善的，我們應該樂觀其成才對，不要因為你們生活無虞，就可以不考慮眾多人的生活福祉的。

或許，請你們再去看看北京的政府目前如何開發平潭島的，如果我們自己都不團結一致，全力開發建設金門的種種，終有一天，將被平潭取代，內憂加外患，金門還有明天嗎？

霧鎖金門

每年春夏交替之際，春季是指農曆一月至三月，夏季是農曆四月至六月，春夏交替約在每年三月底至四月初（國曆約在四至五月），溫度的變化會產生海霧，而且此季又會吹南風，自然將海霧吹向尚義機場，能見度當然變差，以螺旋槳飛機約需八百公尺，噴射約需一千兩百公尺才能降落，以溫度的變化就可預知次日是否航班正常，若今天的溫度是十八度，預報明天會在二十度以上又吹南風，那就不妙了，因為溫度上升，就會產生海霧，自然影響航班降落。

金門自八十二年開放觀光起今，正好二十年，這二十年來，年年都在上演霧鎖金門的把戲，金門人已麻木了，未來二十年依然繼續上演，到時筆者將這個現象告訴孫兒們，這個把戲是如何上演的，為何會產生海霧？又曾發生過怎樣的故事。霧鎖金門，曾鎖住金門多少無奈，多少恨？霧鎖金門期間，金門的鄉親絕對不能生大病，也沒有權利生大病，二十年來誰在意過邊陲的島民？兩岸對峙要我們共體時艱，和平年代沒了利用價值，每一年的霧鎖把戲已經讓主政者麻木了，也讓百姓們看到了一個無能的政府如何造就無能的官員。

官員說「霧」是天災，無法排除啊，是阿，霧是自然災害，我們能有什麼辦法？再說，導航系統不是已經安裝了嗎？以前能見度要三千兩百公尺才能降落，現在只要八百公尺就可以降落了啊，老天爺要吹來海霧，政府哪來的神力改變的？以前動輒五、六天沒有飛機起降，現在的情況已經改善很多很多了，而且在歷屆立委的努力之下，還備有很多的應變方案，解決疏運旅客呢。霧鎖金門，鎖住了政府與官員的無能；霧鎖金門，也鎖住了百姓的無奈。

不是有專家提議過，可以在金沙鎮的海上建立一座新機場嗎？就如同香港的機場一樣，這是長治久安之計；不然，建立金門與大嶝島之間的大橋，屆時飛機可以飛到對岸，再搭車回金門，這是唯二的方案。前者因為經費，後者是政治因素，天啊，金門百姓的福祉與生死竟然是「錢與黨」給阻礙了。可如果前者以BOT方式讓企業來興建經營呢，一定有專家、學者或有識之士跳出來說，又再圖利財團了，環保人士也會站出來說，又再破壞生態了。珍貴的「鱟」與「白鷺鷥」又沒地方住了，社會又將對立了。而後者的方案，反對黨一定會跳出來反對說，我們的領土怎能跟敵人連接在一起，萬一他們攻過來我們怎麼辦？如果兩案都無法成立，霧鎖金門的戲碼將永遠播出。

霧鎖金門最無辜者，應是航空公司，飛機起飛在金門上空盤旋，油料耗光，平白浪費多少能源與人力成本；最終還得不到乘客的諒解，甚至前台服務人員被謾罵、汙辱，有時還得動用警察維持次序，輕者互相叫囂，重者動手有之。

霧鎖金門另一個最無辜者，就是導遊人員，飛機不飛，甘導遊何事？導遊只要做到旅客的安全、適時給予歡樂、保持良好的人際關係與過程中給予些許知識或常識，讓旅客盡興，這是作為一個導遊的本份，至於航班異常，導遊其實無法使上力啊。

當然，霧鎖金門最無奈又是最無辜者，就是要搭乘飛機的旅客或鄉親了。錢都付了還沒飛機可搭，是懊惱亦是可恨，誤了行程，也誤了就診，更是誤了許多人的青春。

霧鎖金門之際，可曾有台北官員關心過，霧鎖金門，影響了多少人的生活與工作，台北政府可曾想過為什麼同樣的戲碼一再上演？主管單位的官員們，你們怎能還能繼續無恥地坐在那個位置，而不想方設法去改變如何才不會霧鎖金門呢？金門人已經給了台北的政府二十年了，二十年來歷經了兩個政黨的管理，仍然得不到你們的關愛？難道我們金門人為了這個國家付出的還不夠多嗎？兩黨的政治人物們，你們的作為何以教導你們的孩子？你們的無能又何以面對命運多舛的金門人？你們在午夜夢迴之際，怎能心安？你們在暢飲高粱酒之際，可曾想過我門金門人的付出？你們怎能還能喝得下這口酒呢？二十年後，誰曾糟蹋過我們金門人，百姓將會銘記在心。

霧鎖金門，鎖住金門人的心，那顆忠於國家的心；我們的國家到底是哪一個？無語無奈啊，霧再繼續鎖吧！都二十年了，我們還在乎什麼？誰讓我們住在天之涯、海之濱？

金門未來發展之方向

身為金門人，相信每一個人都會關心金門的未來，到底要朝哪個方向去發展，當然除了軍、公、教或退休者，因為要選擇怎樣的路，他們是不會受影響的。

二十五年前，筆者在台北市經營旅行業，當時在墾丁地區尚未開發，尤其飯店業不但少，而且房間很差，就如同今天的金門，當年北部地區的旅客都不選擇住在墾丁，而寧願坐二到三小時的車程回到高雄來住宿，由此可見墾丁地區住宿條件無法滿足旅客需求。當時，觀光局為開發墾丁地區的觀光業，於是，以非常低價之租金及極其優惠的條件（當時不知是否以BOT方式）提供土地拜託日本青木建設來墾丁籌建「墾丁凱撒大飯店」，以當時在墾丁地區最好的旅館是「墾丁賓館」（林務局所有），一個房間約需一千兩百元，可「墾丁凱撒大飯店」推出時，每個房間要四千元（散客還須加一成服務費），震驚國內旅遊業，很多人多以揶揄的口氣說：凱撒是凱子跟傻子才會去住的飯店，可結果呢？原本估計來店住宿的客群百分之三十是國人，百分之七十是外國人，沒想到後來相反，百分之三十是外國人，百分之七十卻是國人；其經營回收預計十一年，沒想到後來在第七年就回收了，更是把墾丁推向國際觀光業的舞台。四、五星級飯店如雨後春筍陸續出現，造就當地多少人的就業機會，繁榮了整個恆春半島的經濟。

回頭看看今天的金門，我們到底何去何從？除了觀光產業，我們還有其他選項嗎？農業？不可能啊，以今天金門百姓的生活，誰還願意下田去做？以目前七、八、九年級就讀大學比例將近九成，一個大學生你還會讓他下田做農嗎？工業？哪個企業願意在金門設廠？工資是對面的八倍左右，幹部及物材來回的交通成本，若再加上每年春夏交替的霧鎖金門，誰敢冒險？而且，工業是否會帶來更大的環境污染呢？若是大學島呢？君不見金門大學或銘傳大學金門分部為何招不到陸生？陸生說：縱使要來這邊讀書，那肯定要去台灣本島讀阿，他們不會考慮在金門讀的。還是免稅島呢？賣給誰，就我們不到十萬人（含軍人）啊。服務業呢？服務對象是誰，就我們不到十萬人（含軍人）嗎？又能提供什麼服務內容來促進整體經濟？讓每一個人有工作做？別傻了，以一個海島而言，除非你擁有任何珍貴的天然資產，如黃金、石油或其他礦產，不然，你只有發展觀光產業，這無煙囪的工業，是這個世代每一個國家或地區所極力推廣的產業。

再看看今天金門的觀光業造就了多少人的就業，多少個行業受其直接或間接的影響？交通業（遊覽車、計程車與出租車業，航空與輪船業），飯店業（旅館、民宿），餐廳飲食業，旅行業，風景區景點，保險業，各種特產百貨業等等；可以說是雨露均霑，直接或間接受惠，試想有哪一種行業（不管是農業、工業或資訊業）是低汙染又能創造這麼多人的就業機會？且又能造就在食、衣、住、行、育、樂多種產業的需求？君不見，目前在金門除了軍公教，金酒員工或周邊酒商之外，最大宗的就業人口，莫不是圍繞在跟觀光產業有相關性的行業，如果沒了觀光產業，金門將有多少人失業？多少商家要關門？多少子弟要去台灣或大陸找工作的？屆時，當人口大量流失，金門百業勢必蕭條；不要以為軍公教及金酒員工就能撐起這片天啊。

目前縣府推廣ＢＯＴ案，我們應該樂觀其成才對，不管下一任誰當選縣長，ＢＯＴ案是我們應該走的大方向，不然，金門開放觀光已有二十年了，我們的住宿業還停留在四、五十年代的旅館品質，沒有像樣的四、五星級飯店進駐，為什麼？為何大企業不進來？土地難尋，霧鎖金門，又有三缺（缺水、缺電、缺人才），二十年了，縣府跑了多少個國家或地區？辦了多少場的招商說明會？送了多少的金門高粱酒？給了多少優惠條件？卻依然得不到些許回響？為什麼？已經想過了二十年了，不要再浪費時間了，沒有比ＢＯＴ更快、更好、更能立竿見影了。再說，目前在台灣最大的ＢＯＴ是高鐵案，多少人正在享受其便利與快捷，又造就多少人的就業，創造多少周邊效益？當然，它也破壞多少的生態環境，在開發（讓人民生活更幸福）與生態保育（保護自然環境），兩者之間的孰重孰輕，就由專家去評斷吧。

如果縣府的ＢＯＴ案能如期完成，五年、十年後百姓將受其惠，如果縣府的ＢＯＴ案無法順利推出，仍以目前的觀光產業品質想要迎接觀光客的造訪，真是緣木求魚啊。再者，以目前大陸在福建平潭島的建設規模，政府官員的企圖心，由平潭到新竹僅一百三十四公里，若航班直飛僅需三十分鐘，搭船不過兩小時直抵台北港，屆時，福州以北的陸客勢必從此進入台灣商務或旅遊，金門小三通的優勢從此不再了。而且，金門整體的旅遊資源，原本對陸客的誘因遠不及寶島台灣啊，陸客不來，金門終將被邊緣化了。到時，又有多少人會去責怪政府？又有多少子弟需要遊走於海峽兩岸呢？不要以為每一個人都可以考上軍、公、教或酒廠員工，請把眼光看遠點，試想，如果當初墾丁地區的居民一樣反對ＢＯＴ案，不讓日本人來投資興建，哪有今天恆春半島之榮景？日本人也沒有將凱撒飯店給搬走啊。如果當初高鐵沿線的居民通通都站出來抗議，什麼生態保育啦？又怎樣地破壞整體環境啦？哪有今天傲世的高鐵？百姓怎能享受如此快速的服務呢？如果，當初中和地區也反對雙和醫院的ＢＯＴ案，哪有今天看病的方便及高水平的醫療服務？凡事請再三思考，到底是百姓福祉比較重要還是生態？到底要先顧人民的生存（就學、就業、就養），還是生態的保育？未來在金門沒有開發或發展新的硬體建設，就不會產生就業需求，到時畢業的大學生，沒了工作就要去台灣去領22Ｋ了。當然，金門的福利好，有些家庭生活無憂，不需要兒女出去找工作。

自詡自由民主的我們，你們可以將手上的一張選票來選擇誰來當縣長，還有監督施政的議員，如果你自己投給了誰，他當選後必然要去推展政務，他們必然會去監督政府，既然他接受大家的付託，我們就應該支持他去執行對百姓有利的事啊，如果十個議員，其中有七、八個議員是同意政府施政的方向，那我們應責無旁貸去接受他們的決定啊。他們怎麼可能不考慮選民的福祉呢？他們怎會不思考金門的未來呢？如果違了選民之意，我們下次就不再投給他了啊。所以囉，下次選舉，請睜開雙眸，不要再收賄了，否則，吃虧、後悔的絕對是我們百姓啊。

近期開幕的風獅爺購物廣場，還有小太湖的ＢＯＴ案，若當初台灣的企業沒有人進場，這兩塊地依然荒廢、依然雜草叢生、依然當作停車場，對整體的發展絕對不是一件好事。等到他們陸續開幕，將可創造上千人的就業機會，對地方的經濟發展絕對是有利的。所以請不要將ＢＯＴ視為猛獸，縣府或議會的決定，絕對是對人民有利的，對金門整體的發展絕對是對的，否則，水可載舟，亦可覆舟啊！

當然，社會賢達及有識之士，會有很多不同的見解，或許不認為金門非要發展觀光，這是自由的國度，每一個人都有發表自己意見的權利。那麼，請告訴我們除了發展觀光，我們金門還可以發展什麼產業來滿足各行各業的需求呢？畢竟、每一個人的智慧不同啊！

金門的未來發展，勿庸置疑，唯有發展觀光才是金門的未來，沒有其他選項可以代替它，當政府的資金不充裕，ＢＯＴ案確實是最有效的方式將金門的經濟發展推向繁榮。或許，有些人不了解縣府為何要極力推展ＢＯＴ案，甚且在網路上廣為傳送，說縣府要將金門出賣給財團，諸多負面的信息充塞其中，讓人婉惜金門人的眼界為什麼如此短視，為什麼部分有心人稍微煽動，就會被其影響，為什麼沒有足夠的智慧去判斷是與非、對與錯、優與劣？為什麼沒有台灣人的智慧與眼界？難道沒有看到台灣最大的ＢＯＴ是高鐵案嗎？它所帶給人們是怎樣的便利與快捷？難道沒有金門人去雙和醫院看病嗎？沒有金門的小朋友去恆春海生館嗎？很多很多的ＢＯＴ案都還在啊，並沒有讓財團全部端走（整碗拿走）啊，財團也帶不走啊。在ＢＯＴ案的周遭哪一個家庭、哪一個人不是在享受其利的？或周遭環境的維護、或讓生活更便利、或有工作可做？地方政府亦因為ＢＯＴ案之推出而增加多少稅收？讓縣民享受更多的福利？或許，在台灣有太多太多因ＢＯＴ的成功而享其成果的案例，金門人無緣享受，故而視ＢＯＴ如猛獸，相關單位或許當教育之，讓百姓了解其意與動機，避免人民有所誤解。

總之，金門一定要更積極去發展觀光，不然終有一天，在光耀的平潭島底下看不到金門的未來！金門做為兩岸的橋梁，銜接兩岸的角色，終將被平潭島取代！只是；目前在金門百姓心中，現在主政者在將近五年來的施政表現，似乎沒有滿足百姓的需求，且一再地舉辦自我感覺良好卻對百姓無任何意義的活動，百姓總覺得縣府一再浪費公帑。長此以往，自然對縣府所推出的任何政策都會存疑，一般百姓繪聲繪影，質疑其中是否有利益輸送等等傳言。影響所及，縱使ＢＯＴ案是對地方經濟的發展是有幫助的，卻因為縣府招引太多的ＢＯＴ案才更讓平民百姓恐慌，畢竟人民對政府失去信心，百姓自然會將ＢＯＴ案視為猛獸，實非所宜啊！

原載金門日報言論廣場

如何打通金門的任督二脈——給明年爭縣長寶座的群英建言

我寫了〈輪替〉一文之後，引起很多迴響。台北的執政權是否被輪替，我無權置喙，遠在天邊海角的蕞爾小島，認為換誰來當總統，都不會對我們有更多的關愛的眼神的。我比較關心的是我們家鄉的未來，我們只希望，金門的縣長能將家鄉帶往如海上的香格里拉，那如詩如畫美麗的環境及無憂無慮的生活，讓我們的子子孫孫都能過著幸福美滿的日子。

於是，我以自己的學、經歷為家鄉規劃了一個藍圖，希望未來在金門整體的經濟發展、觀光產業的更臻蓬勃、生活環境能愈趨完善；不管將來誰來當縣長，在推行政策時可以當作參考資料吧。雖然，我人微但不一定是言輕啊。畢竟，這也是我一生的智慧與經驗的累績所勾勒出來的藍圖，希望對家鄉未來的發展能有需為助益。

首先，我把它分成縣府、金門國家公園，軍方及軟體部分；畢竟，金門小小的一百五十平方公里卻有三個單位共管，要打開金門的任督二脈是需要三個單位主管皆有共識，才能按部就班，循序漸進，最終方能取得全功的。

縣政府部分：

（一）金門目前最急迫的是聯外交通：往返台灣的機票票價或是往返大陸的船票票價合理化；

（二）水頭碼頭的聯外道路；

（三）積極推廣ＢＯＴ案的開發進度；

（四）規劃全島的單車路線；成立金門戰鬥主題樂園；

（五）更新並增加碼頭的手推車；

（六）建立機場與碼頭之間的交通；

（七）觀光公車應移交給旅行業者經營；積極開放文化園區、莒光樓、總兵署、金城民防坑道給民間團體或工會經營管理；

（八）高薪延聘台灣的名醫來金看診；

（九）興建平價的住宅群；

（十）積極爭取金門與大嶝島的跨海大橋；

（十一）金門酒廠上市、將餅作大；

（十二）爭取能向大陸購電；

（十三）大小金門的路標應重新規劃；
（十四）公共汽車每人應收兩元保險費；
（十五）規劃夜間休閒活動專區；
（十六）開放自尚義至泗湖間的海域、規劃為海上遊樂區及VILLA之休閒渡假頂級套房；
（十七）整頓自北堤路至貞節牌樓之間的市容；
（十八）鼓勵百姓統一燒金紙並逐漸減少數量，宣導百姓將土葬逐漸改為樹葬、或海葬、或火葬，勸導百姓節約殯葬禮俗減少浪費；
（十九）獎勵百姓將全島的孤墳集中於靈骨塔、以利土地之整體開發；
（二十）有條件補助現有飯店之整修、提升目前為人所詬病的住宿條件；
（二十一）協調成功村原有的官兵休假中心重新規劃渡假村；
（二十二）將機場遷至金沙向北之海岸上（如香港之機場建於海上）；
（二十三）建立全島為無碳島、所有交通工具更改為電動車；
（二十四）向陸方爭取陸客來金之手續更便捷及開放的面更廣、更深；
（二十五）爭取金門為兩岸和平實驗區，讓陸客憑其身分證即可來金旅遊。

金門國家公園部分：

管理處應將迎賓館、翟山坑道、四維坑道、小金門原軍醫院、湖井頭戰史館、古寧頭戰史館、823戰史館、雙鯉濕地、水頭村、山后民俗村、中山紀念林、乳山遊客中心及三角堡等所有國管處管理之站點承租給民間去經營管理，官方僅作監督工作即可。

軍方部分：

開放擎天廳，提供庫存之子彈（手槍或步槍），以利推廣屬於金門戰地角色的特殊性。

在軟體方面：

延聘優秀單位主管，適才適用，注重在職教育，加強所有公務人員都能擁有服務的精神與態度。

開放兩岸服貿對我們的衝擊

不久的將來，將開放大陸的服務業進入國內，到時金門的旅行業、飯店、餐廳、美髮、美容與觀光相關的產業將遭受陸資的侵蝕，對金門觀光業的發展，將造成空前的衝擊與震撼！這個衝擊將原本一潭靜靜無波的觀光產業，震出無限漣漪，對金門的經濟發展注入無限活泉，就如BOT案的推廣，這兩項政策將深深影響未來金門的發展，是故步自封，寧守一潭死水，還是將金門推向國際，發展整體的經濟，並使金門的觀光業得以永續經營？端視主政者的智慧與一般百姓之眼界。

以目前經營金門的旅行業者，對於金門制式的行程，安以現狀的千篇一律，無有變化，不會去思考如何創新，只一味的在紅海裡殺得血流成河，卻不見哪家業者能創新藍海策略，長此以往，對於金門觀光業的發展堪憂，因此，若能引進陸資藉以刺激保守的經營模式，將金門這塊餅做大做多，對於金門的觀光業何憂之有？

再者，目前在金門的旅行業對於陸客是既愛又恨，愛的是他們來金門的消費，恨的是團費難收，快則一個月、慢則兩年，且須以台灣團來抵帳。因此，作得越多積壓團費就越多，再雄厚的資金也是非常辛苦的在經營。而且，最嚴重的是，由於我們金門人死要面子，為了削價去接陸客，原本是零團費，可在金門這十幾家同業，買人頭最終至目前的四百元（台幣），也就是說，要接陸客團的一日遊，每一位旅客來金門觀光，旅行同業需先虧四百原來操作，再從購物站點賺取傭金來彌補，據同業統計，在十團當中最後賭贏了三團，七團是虧的，長此以往，有些旅行同業也開始重新思考，放棄再接陸客團了。所以說，如果陸資能進來金門，就讓它們自己去接陸客團阿，對司機、導遊、購物站或其他觀光相關產業的服務人員是沒影響的，或許能藉由他們的資金、人才、通路就可以將金門推向全中國、以至全世界啊！金門的旅遊業何憂之有？旅遊業者其實應該佔有地利之便，規劃設計一些新的旅遊項目去賣給陸客，可依季節或節慶規劃不同主題的產品，包裝多種不同的旅遊行程內容，如：引進陸客來金門拍婚紗、健檢、釣魚、生產（坐月子）、騎單車、著迷彩裝玩漆彈遊戲、牽罟等等項目以滿足各個不同的需求。對於在金門的旅遊業者而言，這個衝擊或許將震出更多的商機，就看旅遊業者是否準備好了。

另者，金門的飯店業，在規模、格局、品質、服務各方面有哪一項是符合標準的？不要說跟台灣比，就跟同是戰地、同是離島的廈門比，我們能不汗顏嗎？我們怎能還再提供如此劣質的住宿品質呢？如果能注入陸資，建立更多品質較佳的飯店，透過競爭，自然會帶動在地的飯店業將軟、硬體的服務與予提升，對金門整體的發展是好現象啊，如果陸資能將這塊餅做大，到時自然會帶來人潮，飯店業何來之憂呢？

又者，金門的小吃、或一般餐館、或高級餐廳，其內部的裝潢、服務人員的態度及外在的周遭環境，為旅客詬病久矣。如果能注入陸資，開設更多品質較佳的小吃或餐廳，透過良性的競爭，也會帶動傳統小吃或一般餐館的硬體設備及提升服務人員的態度，如果陸資能將這塊餅做大做多，到時自然會帶來人潮，餐飲業何來之憂呢？

至於司機或導遊，沒有我們相關的證照，自然無法就業，必須雇用我們金門人，等他們把餅做大，司機、導遊又有何憂？我們只要有薪資可領，老闆是哪一國人沒差啦。

還有金門所有的農特產品相關產業，產品在你們的手上，就看你們是否能將服務的水平提升，傳統守舊的經營模式終將被淘汰的。店面的整齊、乾淨，產品的創新及服務的態度將是未來生存之道。不要以為一般小型的商家，不足與大型商家競爭，產品的「特色」才是一般小型店家最重要的商品，「熱誠的服務」更是商家永續經營的最佳利器。開放陸資要在金門揮灑，受利最多的就是一般商家啊。但就看你是否能滿足旅客的需求。

至於美容、美髮服務業，他們的技術及人員的服務態度，還是有點落差的，只要保有微笑及技術，其實是不太需要去擔憂的。如果有了人潮，只怕生意忙不過來啊！

注入陸資及引進中高階層人才，前者建設金門（就如ＢＯＴ案的建設，想帶也帶不走），後者在金門消費，人口住得越多，自然會增加在金門的消費，食、衣、住、行、育、樂、就醫等百業，屆時勢必會雨露均霑，各有所獲啊！

君不見今年來金門作過境遊（或邊境遊）的陸客，今年已縮減了至少四成以上的人數，有關單位或旅遊業者應該去思考，為什麼他們不來了？是出入關的手續繁瑣？是廈門旅遊業者沒利潤？是我們金門本身的觀光資源吸引不了陸客？還是來金門的旅遊品質太差？太多太多的因素正需要官方去了解的。而縣府能做的，就是向台北的中央政府，爭取更多對金門有利的政策，如何將金門與廈門綁在一起，規劃為一經濟特區，要他們別以台北的思維來管理我們，應該給我們更多的揮灑空間才對！

對於整個國家來說，這也是好事啊。陸資可帶來更多的建設，所有來國內就業的中高層人士，將感染我們這裡的自由與民主，長此以往，自然而然會將民主的思維帶回大陸，對兩岸在政治上或軍事上的對立，終將有所改變的。屆時，誰統誰還不知呢！

唯一要擔心的就是，那些留在金門的中高階層人士，他們的生活習俗是否會影響我們原本的傳統禮教，是否會遵守公共道德？是否能保有金門原有的純淨與安和？還好能來者，應該多是受過高等教育的人，應該懂得四維八德的。

總而言之，長久以來，這潭靜靜無波的潭水，是需要一些衝擊的，才能產生漣漪的，才有美麗的山光水色！金門的明天才將有璀璨的未來！

周遭環境關懷篇

大學生與失業率

目前在國內所有媒體都在報導人民的失業率，還有大學畢業生的就業率與失業率，另一則報導又說，目前的焊接工每月約十萬元卻沒人做，一些粗重低層工作也找不到工人，企業只好去找外勞。為什麼這些工作大學畢業生沒人要做？硬將工作機會讓給外國人，造成國內在就業市場上失業率的攀高。其實，追根究柢是現在的大學教育太過普及，每一個人都有機會上大學，雖說大學教育的普及，是可以提升國家整體的國民素質，但是每一個畢業生自以為鍍過一層金，不願屈就低層的勞動力，每一個人都想找坐辦公室的白領，問題是，現在大學生的內涵與素養，已日漸式微。曾有某觀光旅遊系的大學生，連最基本的企劃書與PPT都不會製作也不敢上台作報告，書寫的文章與內容，叫人不敢相信現在的教育是怎麼了？筆者曾在兩岸大學演講，深深感到我們的大學生除了有創新的能力及長年積累的傳統優良文化教養與內涵，其他如適應力、競爭力與企圖心遠遠不及陸生，長此以往，未來的大學生如何生存在這個競爭的地球村呢？

既然每一個人都有上大學的機會，這四年當中，如果你沒有學得一門技術，畢業後仍然是22K族，同樣是大學畢業，穿同樣的學士服，你要以怎樣的技能立足於弱肉強食的叢林之中？

在這個大學生滿街走的時代，相同的一紙大學畢業證書並不能保證可以找到好的工作、好的待遇。職此之故，如果你現在還是大學生，筆者以耳順之年的學經歷，給學子們一些建議，希望對所有學子們有所幫助。有一門專業的課程是你們必須去修的，那就是「人際關係」的課一定要修，而且是要認真的學，學會這門課你已經成功一半了，而學習「人際關係」最重要的是，自己得先要有自信心，再有一顆熱忱、真誠的心去對待你周遭的師長及同學，並且多參加社團活動，從中可以學習到很多知（常）識及學會與他人互動的關係與技巧，長此以往，自然就會培養你的「人際關係」啊。再者，多聽演講（如果你還窩在宿舍當宅男、玩電動，畢業後22K永遠屬於你），一般學校每年都會在企業中聘請各行各業的菁英來校講演，除了考試，沒有比聽這個演講還重要，因為你們可以從他們身上學到很多課程上學不到的知識。最後也是最重要的是，以自己的星座跟血型去尋找屬於適合這個星座、血型的愛情及工作，千萬不要太鐵齒，先人的智慧是經驗累積的。君不見現在部分企業徵才，他們會以星座來安排適合這個星座、血型的工作，再審查你在學校曾參加過的社團經歷（這是人際關係的一環），再決定是否被錄取。未來企業找人，星座、血型加社團經歷比你在學校的成績還重要。

如果你已經畢業了，可以先試著彎下腰來從事基層工作，不要去要求雇主要給你多少薪資，你要感謝他給你這份工作，讓你有學習的機會，再從這個工作去拓展你的人際關係。還有平常保持每天看一份報紙，每個月看一本書（任何書），積累自己的知識與常識，總有一天你會用得上的。值此大學生滿街都是的年代，不要自以為自己是大學生多了不起，還是依照自己的星座、血型去尋找適合這個星座及血型的工作吧。有了第一份工作，記得要步步為營，凡事不要太計較，待人以誠、待事以臻，總有一天你一定會找到屬於自己的一片天的。

在金門讀大學的學子們（金門大學與銘傳大學），你們何其有幸能在金門讀書，金門如同台灣二、三十年前百業正興之際，急需各種不同領域的人才，尤其是服務業的人最是殷求，不待畢業，大型投資企業如：昇恆昌的金湖BOT案、台開風獅爺購物城及其他投資案都需要年輕學子，所以你們未來的前途是平順的，至於是否璀璨就要看你在學校學到什麼？不要太在意你讀的科系是什麼，在課堂上只要學到知書達禮、在課堂外記得多參加社團學會與人互動、做好人際關係，未來成功的就是你。畢竟，千里之行，始於足下，且行行出狀元啊！

原載金門日報言論廣場

淺談碩士生的就業

上（十）月在國內最夯的話題，莫過於是碩士畢業的社會新鮮人，遠赴澳洲打工，做苦力、當勞工、但薪資高，所有媒體大肆報導，加油添醋，媒體所要揭露的是別人家是薪資如何之高，我們國家不但就業機會少，起薪又低。那事實呢？真的以為碩士畢業就可以拿到好的薪水嗎？兩年的研究所所學的學識真的對自己在工作上有所助益嗎？再說，最重要的畢業論文，每年產出幾千幾萬篇的論文對職場有幫助嗎？論文其中的文獻回顧都必須千變一律要學生去參考國內外學者的論說，於是如「滿意度」或「服務品質」等研究學說，其含義與精隨是他們說了算，結果是所有相同的研究題目，其文獻亦同，因為學生都上網直接抄襲。真正想要做研究的，諸如在金門很多官員或學者都在呼籲要活化舊軍營，凸顯金門戰地的特色，創造碉堡新生命，有研究生想要深入研究此一題項，並能給有關單位或業者作實際投入、經營依據，但因為沒有文獻可考者，是不合論文規範的，是不成論文的。於是學術單位所產出的論文，是為了要符合論文一定的規範或巢臼，是不需要考量是否助益於產業界；既然，取得碩士學位的研究生自己寫的論文不實用，對自己在職場上並沒有幫助，只是為了要順利畢業，取得畢業證書，那麼；如何要企業老闆付出更多於大學生的薪資或職位呢？再者，在學術界強調理論的重要性，但理論需要能化為點子的理論，點子才能化為銀子啊。

因此；在大學或研究所的教授們，請給予學生更多的實務理論吧，不要太多的官樣文章，不要太多制式的規範，給他們更多的學識時，也要多給他們知識與常識，才能立足於這個肉弱強食的競爭世界。

再說，取得碩士學位的學子們，你們應該先捫心自問，自己是否在這兩年當中學到什麼？你跟大學生的差異性？你是否具備研究生應有的內涵和質養？你是否擁有企業所要求的才能？這才能是什麼？其實企業界是希望碩士生除了有專業的學識之外，更重要的是要有以下四項才能：

（一）對於事情的分析與條理能力

（二）善於溝通之能力

（三）圓融的人際關係

（四）積極的創新能力

如果你擁有以上四項才能，你就可以理直氣壯去要求你的酬勞與職位，你才可以碩士自豪。如果沒有具備這些能力，又何於要求企業給予更高的薪資？再者，萬丈高樓，起於平地；千里之行，始於足下。地上有黃金，尚日彎腰拾起；在這個競爭的叢林，若不躬自反省，人生怎會有光輝的遠景？

給大學生的一封信

筆者從民國九十七年至今陸續在兩岸三地的大學裡作各種不同的演講，演講內容涵蓋與觀光服務業有關係的課程，如：休閒是為了走更常遠的路，電子商務對旅行社的影響，旅行業之經營管理，飯店之行銷，民宿之經營行銷，台灣企業成功之行銷策略；人際關係，藍海策略，創業與創新，大學生活及如何主持團康活動等內容。這五年來，近百場的演講與主持活動，接觸兩岸的學生已有數千人，深深體認兩岸的學生在學習、或自信心、或對未來生涯的規劃、或如何過大學這四年的生活等種種的差異性，筆者將之整理如後，希望在金門的大學生（金門大學與銘傳大學）看到這封信之後能有所領悟，了解未來的競爭對手，他們是如何讀書的，是如何吸收新知的，是如何培養堅強的毅力來應付弱肉強食的競爭。看看我們自己在未來如何跟他們競爭在這個生存的地球上。

在大陸的學生，上課或聽演講時，他們必會提早去佔最前面的座位，上課時作筆記，爭搶回答老師問題，自動自發提出問題來問老師，下課後，再追著老師問其他問題。平常沒課時，上圖書館是他們讀書、自修、上網（大陸的學生個人持有的電腦僅約有百分之三十）找資料的時段，學校在晚上十一點關燈，還有學生利用走廊的燈光看書，一大早約五、六點左右，就有學生在湖畔、在操場、在沒人的地方背英文、或日文、或法人、或德文；考試絕不作弊（廈大校規抓到作弊即開除），繳交作業非常用心準時。有些學生家境不好，午、晚餐還得兼送餐盒（每個傭金五角/人民幣），假日再去發DM，或作家教，以換取三餐。每個學生至少參加兩個以上的社團，尤其是爭當幹部，在班上搶當班代，在社團爭當幹部。對未來前景的規劃，顯得非常有計畫，非常有自信，在他們身上，我看到一隻幼鷹正在大量吸食，大量吸收可以壯大自己的任何食物，之後在等待時機，可以大鵬展翅，衝向無邊無際的藍天，完成自己的雄心壯志。

反觀在台灣或金門的大學生，上課或聽演講時，他們不會提早到教室，而且喜歡坐在最後面，他們說一怕老師問到他們問題（因為怕答不出來）；二來可以在後面吃東西、玩手機、聊天；三來要落跑比較方便；四來要睡覺不會被吵醒。上課時也很少在作筆記，只希望能將老師的PPT檔案摳下來，很少提出問題來問老師，下課後鳥獸散；少數同學會去參加各種社團，有些同學會去打工，有些同學窩在宿舍當宅男，班上或社團的幹部沒人自願，繳交作業上網抓或其他方面去抄襲，很少準時交功課，理由或藉口一籮筐，我在他們身上，看到含羞內斂，對自己沒自信的一群飼料雞，日過一日，年過一年，似乎只想順利取得畢業證書，至於未來，茫茫然不知其所也。

在大陸的學生、他們有的是、勤奮讀書、懂得尊師重道、爭相出頭、有自信、有理想、肯吃苦、積極向上、重視個人的學習、具競爭力、口才佳、表達慾望強、思緒單純、思路簡單。

但有時為了要成功可以不計任何犧牲、不熱中結交男女朋友、且不重視人際關係。

在大陸的老師，他們有的是，滿腹學問、受學生尊敬、重視學、知識的傳承（較少談課外或企業的成功例子）；但表達能力較差，與學生互動少。

在台灣或金門的學生，我們有的是，文化底蘊佳、具創新（意）能力、溝通能力佳、重視團隊整體學習、熱中結交男女朋友、思緒活潑、思路敏捷、有國際觀。但對自己的前途茫茫然、口才差、考試喜歡作弊、上課喜歡睡覺、吃東西、玩手機、愛聊天，也不太重視人際關係。

在台灣或金門的老師，他們有的也是具滿腹學問，但學生越來越不會去尊敬老師（作業太多或其他某些較不合理規定，老師會被學生客訴），重視學、知、常識的傳承，比較會談起課外實際成功或失敗的例子，表達能力佳，與學生互動良好。

在台灣不是說教育也算是一種服務業，既然是服務業，學校是產品製造商，老師變成傳遞這個商品的服務者，學生變成是消費者，製造商為滿足消費者之需求，很多面向會委屈求全，有些老師會因為懾於現在消費者（學生）之消費意識抬頭，而不太敢做太多的規矩或要求，如學生在睡覺、吃東西、玩手機或與同學聊天，一般在台上的老師都會選擇睜一隻眼閉一隻眼（太嚴會被學生客訴，有些家長又不能諒解，一味地責怪老師），我只要將我需要上課的內容講完，至於學生是否吸收，不是我當老師的需要去管的。這是台灣教育的悲哀與不幸，你們大學生能在其間學到什麼，可能只有得到這四年的自由與放縱，其他一無所獲。

從以上兩岸大學生的素養與學習態度，老師的教學態度之比較，我們看到大陸的大學教育在知識的傳授，老師盡責的傳道、授業、解惑；學生不眠不休的學習，積極向上以求取更好的成績，不時地充實自己，以備出社會後能具備競爭力。

在台灣或金門的大學教育，學生已不像是學生該有的學習態度，老師也只能做好傳遞知識的角色了。於是，學生畢業後，出社會沒了競爭力，除了學、知、識的缺乏，連最基本的禮貌，做人的態度都付之闕如，怎可怪企業只給你們22K？

十年後，我們不知道兩岸的大學教育會有多大的落差，我們真的很擔心，爾後你們大學生要以怎樣的技能才能立足於這個弱肉強食的地球村？在擔心之餘，筆者僅將個人曾演講過的內容傳達給你們，因為你們沒機會聽我的演講，只好以文字轉述，希望學子們看完本篇文章之後，對你們有些許助益，也希望傳給你所認識的大學生，讓大家都能雨露均霑。

四年的大學生活，如同一個圓圈圈，在圓心部分就是「禮」，禮者理也，所謂知書達禮，比喻人有學識與教養。禮是中華文化的突出精神。孔子說「內仁外禮」，禮與仁互為表裡，仁心愛人、恭敬辭讓，是禮的內在精神，重禮是「禮義之邦」的重要傳統美德。「明禮」就是講文明，作為待人接物的表現，所謂「禮節」、「禮儀」；作為個人內心修養涵養，謂「禮貌」；內心有了「禮」的內涵休養，其表現在外與他人的關系，謂「禮讓」，亦就是說，體現在外的是，在應對、進退、舉止、投足、談話、為人、處事等方面都會是得體與「禮節」，長此以往，就會改變一個人的氣質或風度。

職此之故，你們在這四年的大學生活，學業是否學到什麼不重要，最重要的是要學會禮的內涵、懂得禮的意義，這是最基本的道德修養和擁有文明水平內涵。坊間不是說：一個有禮貌的孩子不會變壞嗎？可見擁有「禮貌」內涵是做人第一要務。

再者，圓圈圈若有百分之百的百分比，你們在這圈圈內要學什麼呢？其中百分之四十你們要學習如何與他人的互動，就是人際關係，人際關係顧名思義，就是人與人之間所發生的關係。也是人們在共同活動中，彼此為尋求各種需要而建立起來的相互間的心理關係。換言之，人是社會動物，每個個體均有其獨特之思想、背景、態度、個性、行為模式及價值觀，然而人際關係對每個人的情緒、生活、工作有很大的影響，甚至對組織氣氛、組織溝通、組織運作、組織效率及個人與組織之關係均有極大的影響。所以人際關係可說是人與人之間，在一段過程中，彼此藉由思想、感情、行為所表現的吸引、排拒、合作、競爭、領導、服從等互動之關係，廣義的說亦包含文化制度模式與社會關係。要做好人際關係的第一個因素，就是要有正向的自我概念：一個有正向概念的人，覺得自己是夠好的、是會成功的、受人歡迎的，因此表現出來的，就是自信、包容、積極、樂觀、愉快、樂於親近別人。當然，任誰都想沾上一份愉悅的氣息，與它接近與交往。因此，自己對自己的看法實在是影響人際關係的第一個重要因素。再者，要建立人際關係首要關鍵是要有一顆健全的心，這一顆健全的心須具備有誠心、關心、用心、同理心、熱心、貼/細心與愛心。有了一顆健全的心，對方才會真正感覺你是真心的，才會與你交心，進而建立起彼此良好的人際關係。

再者，坊間不是長久以來就流行 句話：「會讀書不如會做事，會做事不如會做人。」所謂「會做人」，就是指會做好人際關係。有許多客觀的研究證實，有好的人際關係，不論從事什麼行業，成功率都可達百分之八十五以上啊，可見在這四年的大學生涯裡，如何學會做人，搞好人際關係是現在與未來所必修的課程之一。

還有百分之三十是你們每一個人所選擇科系的專業，也就是說你們在這四年當中，要學的專業知識僅佔百分之百的百分之三十而已。

另外還有百分之二十是口才的訓練，口才訓練的目的是提昇溝通能力，學習如何與人對話之技巧，好的口才可以加強領導能力，亦可以健全人際關係，更是成就溝通高手，進而可以強化語言表達，促進機智聯想，加強邏輯思考，增進你的涵養，增進事業發展。在學校裡應該會有很多機會訓練自己的口才，記得要抓住機會，慢慢培養自己的口才能力。在競爭時代中各個領域裡都需要有良好的口語表達說話技巧，在公眾場合時常都需要面對群眾來發表說話的機會，這時，會有一些人遇到要說話時心裡會產生恐懼害怕心裡，更嚴重的會緊張到發抖的說不出話來，好的口才非天生的，口才是要經過長期良好的舞台訓練程序來建立說話的技巧和自信的表達力。在現今競爭的社會，要能爭得一席之地，要有比別人更積極更努力以外，更要懂得讀書的目的，除了百分之四十的人際關係，還有百分之三十的專業學知識，這百分之二十的口才訓練也是最重要的課題之一。在生活中家庭親子關係，朋友中人際關係，職場上的溝通技巧，業務上的產品行銷，應徵工作面試，公司開會做簡報，活動上台致詞，參加聚會自我介紹等等，在在都需要有良好的口才表達，能力才能展現出來啊。不然，你有了豐富的專業，良好的人際關係，沒有好的口才，你如何體現你的專長，又如何做好與他人的溝通？

最後百分之十是學習如何照顧自己，一般學生在高中（職）之前都是父母親或長輩在照顧，大學之後就要自己照顧自己了，所以，在這四年大學生活當中，你們要學會如何照顧自己，包括食、衣、住、行及心靈的成長、自己行為的負責，畢業後，終有一天還要繼續去照顧自己的家庭。因此，同學們，好好在這四年的日子裡，向同學、學長、師長們學習如何照顧自己，如何照顧別人，不要以為大學生只要把書讀好就可以了，最基本的生活起居常識也要學啊！

結語：一個大學生在這四年當中，在內心深處需有「禮」的內涵休養，才能知書達禮，才能讓自己具有優質的氣質或風度；再者學習如何與他人的互動，就是人際關係，它在整個大學教育裡比重最大（百分之四十），可見人際關係的重要；還有每一個同學自己讀的專業（科系），只佔百分之三十，因為在職場上還有機會習得一技之長；另外百分之二十的口才訓練，是訓練你如何跟他人溝通啊；最後百分之十是學習如何照顧自己，未來才能去照顧自己的家庭。如果你能了解以上需學習的內容，真正用心學習，最後成功的人就是你！

我們的大學教育

筆者之前寫過「大學生與失業率」，很多父母無法接受自己的孩子接受了四年的大學教育，卻未能找到一份好的工作，縱使有一份工作，薪水也不高啊。到底我們的大學教育是怎麼了？為什麼現在的大學生這麼不值錢？為什麼付了很高的學費，卻沒能學到一技之長？為什麼苦了四年之後還沒找到工作？相信很多的父母都有這方面迷惑與不解，筆者自二〇〇八年之後即演講（或代課）於兩岸的大學，親身體悟兩岸的大學生，在學習精神、態度與老師及同學彼此之間的互動上，如果就以分數來比喻，滿分是十分，大陸的學生約可得八、九分，台灣的學生如果扣除台大、清華、交通、成功、政治等五所國立大學，其餘公私立大學的學生還不及二分，如果你認為筆者在危言聳聽，那麼請你們就近去任何一所大學，看看現在的大學生上課時在作什麼，看看你的子女下課後在作什麼，你再回頭去評斷這個社會對於大學生的待遇。或許，你們會不解於現在的學生到底在想什麼？更會訝於他們對父母的付出（金錢或精神上），未能加以珍惜或回報。

銘傳大學觀光系所前院長陳永寬博士說：自我們加入ＷＴＯ之後，教書的工作就屬於是服務業的一種。於是，學校就如生產工廠製造商品，學生就如消費者去學校購買商品。台灣一百多所的大學，上大學的人數無法滿足各校所需，於是就降低標準，讓人人都有學校可以讀。就如你生產的商品過多，購買的客人少了，只好降價求售。職是之故，學校站在經營立場，不太敢去管學生，怕他們不購買商品啊，這個後果造就太多有學歷、無能力的大學生。

再者，現在的大學生在學習精神、態度與人際關係上，之所以會有如此的表現，其實，當父母者或長輩們要負很大的責任，家庭方面的教育影響孩子至深且鉅，歸根究底，其實是現在每個家裡都圈養了一條龍，就是「寵」啊！尤其有隔代教養者更甚，古人云：玉不琢不成器，人不磨不成才啊。在夜闌人靜、或午夜夢迴之際，你們可想想，你們的家教如何？身教如何？有教自己的孩子要尊師重道嗎？你們是否怕自己的孩子受苦了？孩子對你們的需索有度嗎？你們給孩子怎樣的物質享受讓他們迷失自己？有教他們如何跟同學互動嗎？有教他如何獨立自主嗎？又給他們什麼價值觀，以及正確的人生觀呢？

在大陸的學生，上課時爭坐前排，搶當班上幹部，參加多個社團，爭先進圖書館，上課細作筆記，晚寢十一點熄燈後在走廊K書，天未亮在學校湖畔背日、英、法、德文，上課不吃東西，勇於發問解答，考試不作弊（廈大作弊立即開除），做報告認真，懂得尊師，了解自己未來的目標，這就是大陸學生的學習精神與態度。

在台灣的學生，上課鈴響之後三三兩兩、陸陸續續、慢慢從後門而入、前排沒人坐、上課吃東西、玩手機遊戲、公然睡覺、考試作弊、作報告上網抄襲（或找人代筆）、沒空參加社團（忙著打工）、上課懶散沒精神（晚上玩電腦）、電腦手機比名牌、太嚴的老師說機車等，不是說老師也是服務業嗎？那麼不是應該要去滿足消費者（學生）的需求嗎？老師何必太嚴造成消費者（學生）的不滿意呢？久而久之，老師就慢慢沒了熱情，不再積極了。學生也輕鬆了，因為沒壓力了。如此這般，四年大學，皆大歡喜，賓主盡歡。

當自己的孩子取得大學畢業證書時，你們是否問過孩子學到什麼了？如果沒有習得一技之長，我們怎好意思去要求企業主給我們一份好的工作、好的待遇呢？如果這四年來都窩在宿舍當宅男，連最基本與人互動的態度都不會，如何與人共同工作生活在一個群體呢？如果上大學的學費是你們供給的，他都不會去珍惜你們辛苦掙來的錢，表示他不懂得知恩以圖報，更別論孝道了；如果上大學的學費是他們自己辛苦打工賺來的，那他更對不起自己的辛勞與青春了。

筆者正當耳順之年，為人父久矣，深深了解身為父母的心情，每一個為人長輩者莫不期望自己的孩子成龍成鳳，要讓他們成龍成鳳，給他愛、給他關懷，請不要再去寵他們了，不要去責怪學校沒教好你們的孩子，捫心自問，我們有教會自己的孩子應有的待人的態度嗎？包括對父母及長輩的孝順嗎？對師長的尊敬嗎？對同學的關心友愛嗎？唯有知書才能達禮，唯有尊師才能重道，唯有自重才能得到別人的重視與肯定啊！如果我們沒有教好我們的孩子，還一味地去寵我們的孩子，再去責怪學校的老師沒教好，或去怪政府讓大學生失業，其實是不對的。

生活在這個資訊發達的年代，孩子其實在知識或常識上懂得比我們還多還廣，但是，做人的道理、處事的態度、正確的價值觀與人生觀，是我們為人父母或長者應該從小就要教育的。

如果你們的孩子對讀書沒興趣，請不要強迫他去補習，更不要強迫他去讀大學，給他自由吧，讓他們依自己的喜好去習得一技之長吧。不要等到浪費了四年之後，才發現工作難找、待遇不佳了。也請不要為了個人的、家族的面子，一定要自己的孩子去讀大學，到頭來一事無成，害了孩子一生啊。

在這個多變多樣的社會，其實每一個行業都有它的成功之道，不要再抱殘守缺了，真的以為書中還有黃金屋。在這個弱肉強食又競爭的社會，唯有一技之長，才能立於不敗之地，畢竟，行行出狀元啊！

孩子是需要去愛的、去關心的，但請不要太寵了，等寵上了天，他就不會是一個知書達禮、懂得進退的孩子了。此時，他將自視過高、目中無人、無抗壓力、不懂得與人相處、沒企圖心等等後遺症。所以，請不要再寵了，這是在害他呢！也請不要再去責怪我們的大學教育了，先把自己的角色扮演好吧！

原載金門日報言論廣場

榮民榮眷的辛酸

近日以來，軍公教退休者之福利，被炒得沸沸揚揚，筆者帶團時，有多位軍眷含淚說出她們當年之心酸，希望筆者能把她們的心情寫出來，但願能寫出其心酸於萬一。

如果你是生活在離島的居民，尤其是在最前線的金門或馬祖群島，你一定親身感受過職業軍人日以繼夜戍守在天之涯、海之濱，陪伴其渡過每一個漫漫長夜者僅有殘月、寒星、刺風、苦雨，還有內心深處的孤獨、寂寞、思親之苦矣。

在上古之「詩經」裡曾有一詩篇曰：「伯兮」寫婦人思念遠征的丈夫，婦人雖受相思之苦，卻心甘情願、無怨無尤，此見夫妻情深，使婦人勞思而不怨，亦可見婦人之深明大義，以國事為重，強忍兒女私情而無怨尤。這個婦人的心情寫照，不也是所有職業軍人妻子的心情嗎？苦苦的思念不也是遠在天之涯、海之濱日以繼夜戍守的軍人丈夫嗎？他們的心情有誰能真正了解？他們心中的苦有誰能體會？當家人急難時，有誰能感同身受其無奈？妻子懷孕時的無助、生產時的無依，孩子的成長、教育，公婆的侍奉照顧，一切的一切是誰在支撐維持的？在遠方的丈夫除了心急如焚，彼此內心的煎熬有誰能體會箇中之悲苦、無奈、辛酸、焦急與惆悵？有誰願意放棄家中的溫暖與溫馨？誰甘願流離顛沛？又有誰甘願離開心愛的家人？君不知相思之苦最是侵噬彼此之心？誰能將心比心？誰能擁有一絲同理心？

秋葉飄零，寒冬蕭瑟，營外三更雨，營內孤燈淚，寂寞心深處，思親在千里。

這是描寫軍人的心境，在後方享受美滿生活的同胞們是無法感受其內心於萬一的，而如今卻要刪減他們應得之福利，天啊，這是什麼世道？

空庭落葉，床冷被涼，輾轉又難眠，寂寞最難耐，思君君不在，無人可纏綿，若尋得萱草，不教我心痗。隻身無助，家冷無依，日日以繼夜，春去秋又來，期待君歸期，甜蜜恨苦短。

這不是身為職業軍人的眷屬，內心最深沉的寫照嗎？如今，卻不見容於太平盛世，讓政客譁眾取寵淹沒了漫漫長夜之惆悵。為了保衛我們的家園，職業軍人除了休假，回到部隊之後，必須全天候在營中，以軍中為家、以天為幕、以地為床，遊走於天之涯、海之濱，無有定所，每天必須面對不同的環境，不同的同袍。每天的生活千變一律，枯燥乏味，無有變化，既要承受來自上級的壓力，又要承受來自同儕的競爭或下屬的過失，封閉的迷彩裝也封閉了人際關係的建立與維持。周遭相處的人來人往，無法覓得知己傾寂寞，內心深處的無奈與辛酸，日積月累，長達十數年以至二十年的苦澀歲月，挫折重重，陷入迷惑和惶恐，不知所以。曾有「居則忽忽若有所亡、出則不知其所往」的徬徨。心有鬱結又不得通其道，對人生、對自己的職業選擇，產生許多疑問。多少學長學弟在無限空虛和極端苦痛之中，頓生後悔之心而離開軍旅生涯；但絕大部分職業軍人，強忍思念、孤獨與寂寞之苦，毅然在捍衛著我們的家園不讓敵人越雷池一步，不分晝夜，在後方每天過著和樂幸福的國人，你們可曾體會他們的心酸？他們無私的付出？你們全家在唱「生日快樂」之時，可曾想到軍人家人的生日時，為人子、為人父的他們，誰要幫他們唱生日快樂的歌呢？你們為孩子的出世而忙碌時，可曾想到軍人的孩子要出世時，誰來幫軍人之妻呢？你們可以很快樂的陪孩子成長，可曾到軍人的孩子誰來陪他們成長？這一切的一切你們怎能毫無同理心？你們怎能刪除軍人的付出？你們用什麼話語去教育你們的孩子？你們的自私如何比得軍人的無私？

民國三十八年隨國民政府退守台灣的老兵們，有大部分是未婚的壯丁，來台後根本沒有結婚計劃，以為不久可以返回大陸，在大陸已接婚者，更是寄望回家團聚，三年、五年、十年後反攻大陸無望，再回頭想要結婚者，當時，本省人不太願意自己的女兒嫁給外省老兵，因此，絕大部分老兵只好孤獨過一生，在役時，還有同袍長官相伴，退伍後，雖有榮民處得以安排其住宿，但其內心深處之孤獨、落寞、思親之苦一直在腐蝕、侵噬蒼老又疲憊的心。一生戎馬在這個史無前例的大動亂裡，曾經不停地輾轉於天涯海角，倉皇流徙，顛沛於砲火、飢寒且危難之中，難得一夕之安，承受了人生最不幸的憂患和痛苦，也默默咀嚼了苦澀的歲月。晚年之末，卻讓政客懷疑、否定了他們的存在價值。對於老榮民們一生為這個國家付出了青春、血淚、生命，晚年之期卻遭此侮辱。再者，部分老兵在台結婚，當時，風雨飄盪，歲月轗軻，憂患重重，無一日之安。老兵之妻子經歷了苦澀又漫長的歲月，獨守空閨，寂寞難耐，團聚無期。有些兵種還須面對嚴峻的生存環境與敵人的威脅，朝不保夕，老兵之妻子也隨時要有心理上的準備，聚少離多的老公為國犧牲了，往後將無以為靠，亦無團聚之時，人世間之不幸，以此為甚。

民國七十八年政府開放老兵回鄉，老兵偕妻返回故里，多少老兵哭斷愁腸，多少老兵歸鄉不見了每天最思念的親人，只能淚灑墳土。多少老兵雙親辭世，妻子改嫁，家不成家，半生戎馬，一生悔恨。誰奏悲歡離合曲，誰演天涯斷腸人？可憐百萬老兵，同演世紀大悲劇！老兵之妻子也陪老兵傷心淚流，哭斷愁腸，弔念翁姑於墳土，屋破瓦落，斷腸人在故里，人世間之哀，莫此為甚。

這是這個時代的悲劇，個人的恩怨情仇，爭奪江山，殺戮於家園，血流成河，人世間之悲，莫此為甚。

生長在這個動盪的世代，爭奪權位者視人命如蟻，隨時流逝於洪流之中。生活在這個動盪世代的老兵之妻子，漫長無依如活寡婦，人世間之痛，莫此為甚。

晚年之期，卻遭政客侮辱，否定其為國無私之奉獻，其妻為家守空閨之辛酸，人世間之恨，莫此為甚。

位卑人微，無權無勢，含悲受辱，無以為訴，含辛茹苦，將辱偷生，人世間之苦，莫此為甚。

含淚書寫本文，恨無辭彙能表達淋漓盡致，榮民苦、榮眷更苦之心啊，無人同情榮民榮眷，卻恨他們擁有十八趴？無人憐憫遭遇，卻辱其人格與忠貞！人們與生俱來的仁慈之心，已不復見矣。

生長在前線的金門人，我們深深感動他們的付出，我們了解他們心中的苦，我們知道他們的無奈與惆悵，但在後方的同胞們是無法體會他們的苦，卻在他們無私的奉獻裡過著幸福美滿的家庭生活。你們的快樂幸福是建立在職業軍人們犧牲他們的快樂幸福所得到的，你們怎能刪除他們的福利？你們怎能將他們與其他公教人員相比？是誰付出最多？公教人員可以上下班，可以擁有自己的生活空間、自己的家庭生活，可以陪家人守歲過新春，職業軍人可以嗎？

韓國詩人「崔志遠」在唐朝時，寫了一首〈秋夜雨中〉的詩：秋風唯苦吟、世路少知音、窗外三更雨、燈前萬里心。」寫出遊子思念故鄉親人的心境，卻也是職業軍人內心心情的寫照。尤其一般軍人都戍守在天之涯、海之角，生活條件極差的環境，還必須承受大陸方面的生命威脅，每天必須戰戰兢兢地生活，沒想到當年他們的付出，今天卻換來眾矢之的。天啊！這公平嗎？這仁義嗎？誰來為他們的犧牲仗義執言啊？璀璨的陽光下，人性的光輝、仁慈與善良，都被政客抹滅了。這個國家、這個社會虧欠榮民與榮眷太多太多了。政客侮辱了老兵的犧牲，官員侮辱了老兵的榮譽，部分媒體推波助瀾侮辱老兵貪圖榮華富貴，沉默的大眾亦侮辱了老兵的無私，無言的老兵將懷抱著屈辱走向生命盡頭，結束一生的從戎軍旅，不再顛沛流離，不必要再接受各界的侮辱，你們偉大的精神長存。榮民與榮眷們，你們是有權利生氣的！

載金門日報言論廣場

廢核四背後的省思

在台灣的媒體鬧得沸沸揚揚的廢核四問題上，主張廢核四的團體，理直氣壯地說要孩子不要核子，「因為核能危險，所以我反核」，成了反核運動的思考主軸，理由充足，所有媒體也一面倒向反核，但真的是如此嗎？在世上的各個角落，每天會因種種因素造成傷害或死亡。以金門往返台灣的飛機，其安全是百分百嗎？明知它不是百分百的絕對安全，可我們金門人會因為有安全的顧慮而不敢搭嗎？在高速公路上，每天都會有交通事故，可我們仍會以高速公路為通道，來往於途中，我們明知馬路如虎口，但卻還是會走高速公路；台灣的地震頻繁，我們明知住得越高越危險，但不是有人認為住得越高視野越好嗎？我們明知火災很可怕，但卻依然在使用瓦斯或電力。世上所有的人、事、物、氣候、山川、日月等等都會有正反兩面功能與作用，太過或不足則會有災難。而人們依舊必須生活在這個不確定性的安全氛圍之中，人們會戰戰兢兢地做好防範工作，除了那不可抗拒的致命外力。以核能發電是最經濟、最低汙染的電能供應者，若使用不當或天災而造成的傷害，一樣類同其他事故，將會危及人類及生物；可是，人類需要電力啊，如果改用風力發電，應該先問問澎湖的居民，在風扇的附近，其噪音造成羊兒不孕，貓犬得憂鬱，百姓聽力出現問題；還有三芝的鄉親為什麼強力反對在三芝設置風力發電？若是改為火力發電，需要增設多少電廠，那要設在哪？設在你家附近嗎？其汙染百倍於核能啊！如果以上兩種都無法成立，我們是否回歸三、四十年前的生活狀態？大家能接受嗎？看看上街反核者，不是生活優渥者就是無知的學生，前者可以選擇住加拿大或澳洲，後者只一知半解，不知電力對現在人類的重要，只知核能的危害，不知核能對我們的貢獻，不然全球還有四百多座核能發電廠？若以金門火力發電，每度電成本十一點二元；如果國內核一至核三關閉，島內工廠勢必外移，失業人口增加，又得增加電費的支出，生活優渥者他們沒差，他們早已利用便宜的電力賺足荷包，而無知的學生還沒持家，他們哪知道一個家庭經濟的負擔有多重？

其實我們住在外島，建不建核能跟我們沒關係，但是，我們看到反核團體或政府，都沒盡到該盡的責任，比如應該告知全民，為什麼要建核能？它會有怎樣的安全顧慮？它能帶給我們怎樣的經濟產能？它會製造出什麼污染？如果臺灣不要核電，需要付出什麼代價，包括電價提高多少，我們能否接受？包括限電多久？我們能否忍受嗎？沒了工作，我們用什麼來養活全家？如果要以其他替代能源，我們能允許風力發電廠或火力發電廠設在我們家附近嗎？這些替代能源所製造的各種汙染（噪音、空氣、水源、交通）我們能接受嗎？等等諸多問題，這些資訊為何不告知消費者？為什麼雙方都想用簡單的邏輯來「愚民」？一個複雜的能源政策問題，怎能簡化為一個環境安全問題？這樣的議題和思考邏輯，就要以是非題來公投？我們台灣的公民意識足夠嗎？百姓真能判斷是與非嗎？遠在金門的我們，看到你們雙方都在利用民粹，企圖影響反核或擁核這個議題，再加上媒體一面倒的報導核安的極度危險，再添加更多聳動的圖檔或文字，來迎合反核運動。

而真相呢？建與不建的後果呢？停建之後所衍生的問題呢？為什麼幾個名人或政治人物搖起核安大旗，民眾就盲目的跟從？為什麼沒有人敢出來說實話，為什麼標榜自由民主的台灣，卻想把意識型態戰場轉變為公投戰場？其實名人或政治人物你們要有社會道德的責任，應該坦白告訴民眾不建核四的後果，需要付出什麼代價？這個代價我們是否負擔得起的？我們真的可以回到過去的年代？我們真的可以接受風力發電廠或火力發電廠設在我們家附近嗎？這些替代能源所製造的各種汙染（噪音、空氣、水源、交通）我們真的能接受嗎？我們可以沒有工作，只要核安；我們可以接受一度電十幾元？如果在台灣找不到工作，我們可以去大陸找工作？那在大陸就沒有核安的問題嗎？或者，我們可以接受讓我們的子孫去當台勞？名人或政治人物你們的生活已無慮了，你們有足夠的資產住在國外，那跟你們一起盲從的百姓呢？他們的未來在哪裡？真的只要核安就能飽肚子了？沒了核四，生活就可以改善了？名人或政治人物你們可能在累積知名度或政治資本，也有人在沽名釣譽，也有人自命清高，也有人想隨波逐流，可百姓呢？被你們利用了還沾沾自喜，自以為反核就是愛護台灣這塊土地，那核四停建以後呢？你們怎麼沒有告知他們？我們必須承擔什麼後果？或者，你們怎麼沒有呼籲大家，爾後我們必須要珍惜能源，真正做到隨手關燈、關水及少吹冷氣？不要只是搖起核安大旗，就不顧後果了，這是不對的，不夠厚道的。

名人或政治人物或許你們已經把自己的後路都安排好了，哪管無能力出國的普羅大眾？無辜的百姓，遠在外島的我們，真的替你們感到婉惜，你們是否可以靜下來，認真的來思考核能真的有那麼危險嗎？我們真的可以不用核能嗎？我們金門可以向大陸買電來使用，那台灣呢？你們要向誰買電？沒了電就不會有工廠，沒了工廠你們就沒了工作，你們真的可以去國外當台勞嗎？不要再盲從了，為了自己、為了家庭、為了台灣，請你們靜下來，在夜深人靜之際，好好思考吧。不是每一個名人或政治人物他們的想法都是對的，或許，每一個人都有私心，每一個站出來的名人或政治人物背後都有動機的，是有所目的的。普羅大眾們不要再盲從了，先顧自己的肚子吧，名人或政治人物是不會管你們家死活的。不然他們怎能讓一個意識型態的議題，隨便就以一個「是非題」來決定？

如果我們金門人因為搭飛機會有危險，所以我們就不敢去台灣；如果我們怕走路會跌倒，我們就不敢出門；如果我們怕吃東西會噎到，我們就不敢吃東西；如果我們怕因為開車在馬路上會有危險，所以我們就不敢開車出門；如果我們怕結婚會過得不幸福，所以我們就不敢結婚；就像因為核安有顧慮，我們就不敢使用核能來發電；如果人的一生因為害怕外在的壓力，而無法接受任何挑戰，哪來的成功？只能躲在象牙塔裡孤獨過一生。

如果要使用替代能源，風力發電請你們去問住在澎湖或新北市的三芝居民，風力發電會造成的汙染是什麼？會有怎樣的後果？如果要使用火力發電，請你們去問住在金門水頭或小金門的居民，火力發電會有什麼污染？如果將來廢了核四，這些都可能設在你們家附近，不然何來電力讓你們使用？不要寄望這些汙染源設在別人家，你們只要享受成果，世上哪有這麼不公平的事啊！再者，如果到時一度電需要十幾元，不能再去責怪政府，為什麼連帶的物價飆高，這些是你們自己選擇的阿，你們必須承擔這個後果，這個苦果。我們雖然住在金門，建不建核四不甘我們的事，可是我們也很著急，一來我們看到上街反核的人，非富即貴，理由看似正當，卻看到這麼多的人去盲從，根本沒看到廢核四背後的動機與目的，一般百姓被利用還不知；二來我們也怕你們如果停建核四，勢必會有很多人來金門找頭路，跟當地人搶飯碗，再者，又將帶動物價上揚，遠在金門的我們，也會被你們波及。

這個政策原本就不能以公投來決定，縱使要公投也應該是選擇題，而不是是非題；況且，很多實情政府部門或反核團體都沒有向百姓說明清楚，只挑唯一的核安問題做選項，這是不對的，是不公正的。有識之士卻礙於整個社會的氛圍再加上媒體的炒作，不敢站出來說出實情，不敢說台灣確實需要核能發電，否則台灣的經濟將會面臨怎樣的局面，怎樣的後果。不要以為在台灣還有什麼替代能源可以使用，其他替代能源需要付出更多的社會成本與環境的破壞。更重要的是百姓要付出更多的電費和物價，還得接受其他諸多的汙染、不便、工作機會少、生活品質差等等代價。筆者絕非危言聳聽，台灣經濟的發展，將敗在兩黨的惡鬥，永無休止，不然，一項國家重大的政策，怎會讓百姓以公投的方式來表決；執政黨沒擔當，在野黨見縫插針、不分是非對錯、為反對而反對，而百姓的公民意識尚未成熟，盲目地被政治人物所左右，永遠都被雙方利用的棋子；誰真正是為了百姓的生計在打算的？哪個政黨真正是為了這個國家的未來在打拼的？不是貪汙，就是舞弊；不是營私，就是濫權，上下相交，無以為繼，悲啊。

最後的簡訊

暑假最後假日，我接了一團來自台北的旅客，隨團的領隊是我的舊識，是老鳥了，我在台北經營旅行社有時需要出去帶團，偶而會相遇在台灣各地的風景區，每次見到我，總是稱我大哥；今年應該有五十了，沉默寡言，心事重重，與之前的活潑外向，迥然不同。當晚在住宿的飯店房間內，他告訴了我，他在十年前發生的不幸……

我來自嘉義縣一個小村莊，當年北上考上景美的世界新專觀光科，退伍後直接進入旅行社工作，負責業務並兼領團工作，在二十八歲那年，我帶馬偕醫院的員工去墾丁旅遊，認識了擔任護理員後來嫁給我當老婆的何玉秀，那年我三十歲、她二十六歲，我們結婚了。當時，國內外旅遊事業正值蓬勃，我每月至少十五天以上的時間都在帶團，國內或國外都有，不知是聚少離多，還是我們的身體有缺陷，一直都沒有愛的結晶，但日子卻過得很幸福、快樂，無憂無慮的生活，讓我們享受了無盡的歡愉與自在。我不吸菸、不喜喝酒，卻熱衷麻將，只要休假，或是下班之後，一定會上牌桌，但都在十二點回到家，日復一日，年復一年，在四十歲那年，過完中秋的連續假日，帶團回來的第二天，公司體諒我們帶團的辛勞，得以休假在家休息，那天下午我又上牌桌，老婆當天也排休，約在六點左右，老婆打手機問我要不要回來吃晚餐，我正在連莊，就回答說：不要，後來每隔三十分她就不停地催我回家，由於牌運正旺，怕她影響了我的運氣，索性將手機關掉，專心打牌。當晚，原本大贏的牌局，卻讓我輸得很慘，過了十二點半，戰友送我回家，卻見家中大門深鎖，老婆不在家，就在這時，電話響起，是岳母打來的，她哭著說：「秀秀深夜冒雨出去買蛋糕，騎著機車，帶著雨傘說要去你同事的家帶你回家，不料，雨天視線不佳，機車撞上電線桿，送到醫院之後，再也沒有醒來了。」我打開手機，只見上面留有一條簡訊：「老公，你忘記了嗎？今天是我們結婚十週年紀念日啊，我先去買蛋糕，再去你同事家接你，我按門鈴你再下來。老婆」她為了慶祝我們結婚紀念日而去買蛋糕，卻走向無盡頭的路上，永遠不會再醒過來了。頓時我淚流滿面，心痛如絞，一遍一遍地看著這條簡訊，心如刀割，一次又一次，那晚，我輸了我的一生、輸了整個世界。

之後的三個月，我無法走出失去摯愛的事實，整日以淚洗面，也想到了要去天上陪她。離開工作崗位，每天待在家裡，陪伴我的是消沉萎靡，孤寂枉然，日夜思念，萬千惆悵啊！在她走的第一百天，夜裡，她入我夢中，求我不要因為內疚及思念她而影響我的生活，淚求我振作，並請我替她照顧年邁孤獨的母親，醒來枕巾已濕，不見伊人。後來我回公司上班，並接岳母來與我同住，我待之如親母，我們彼此相依同命。只是，之後的日子，我少了歡笑，不想多言，這十年來，我每一天都還再愧疚、還再心痛，還再思念我深愛的人。

聽完他說的故事，我不見他流淚，只是表情嚴肅，或許，他已經將所有的淚都流盡了、流乾了。反而是我此時已熱淚盈眶，無言安慰，無語以對。人生短暫，歲月無常，希望一般凡人都能學會「珍惜」，不要讓我們摯愛的人受到任何傷害，不要等到一旦失去了，才再後悔，才痛不欲生啊！

原載金門日報副刊

油菜花的春天

春節的年初九，我們全家大小上太武山去拜拜，路經環島北路，兩旁的田埂上種滿油菜花，一片片鮮黃又明艷的油菜花海，迎風浪翻，群蝶穿梭飛舞，景觀清麗非凡；我的思緒忽然閃過一幕，初一（如同國中一年級）那年寒假，爸爸跟姊姊說：……女人就如同油菜花一樣，隨風漂流，落在哪，就要在哪生存，落地生根，無法選擇，一定要向命運屈服，這是油菜花的宿命，也就是妳們女人的宿命啊。當時年幼，不解其意，等到我嫁到金門之後，才知道我們女人真如油菜花，隨風漂流，天命要我落在此，就要在此生存，並要在此落地生根，無法選擇；我從未想過自己會嫁來金門，連作夢也不曾夢過，可如今我的命運恰如當年我爸跟姊說的，女人就需如同油菜花一樣的漂流。不是已經是一個新的時代了嗎？為什麼我仍然要如油菜花般的被灑落到不同的國度-金門，是天命？是我命？

油菜花（Brassicaspp）又名菜籽或油菜籽，是十字花科芸苔屬植物，分為大油菜（西洋油菜）及小油菜（中國油菜）兩種，耐寒、耐旱、耐鹽、耐濕，環境適應力相當強，因此常用「菜籽命」來形容吃苦耐勞的婦女。菜籽命就是宿命論，指女人要認命，像菜籽一樣隨風漂流，落在哪，就要在哪生存，落地生根，無法選擇，一定要向命運屈服，這是油菜花的宿命，也就是古時代當女人的悲哀。當油菜花繁花盛開後，將最燦爛的花卉綻放給世人觀賞，把剎那之美留給世人，在春耕前，油菜隨著整地犁田而掩埋滲入春泥，而成為促進植物生長的養份，於是油菜花的養分喚來了春天。我可不可以如油菜花一樣，等我付出了青春與生命，我可以期待屬於我的春天嗎？

中國人尤其是閩南人，是個重男輕女的族群，北京政府的一胎化政策，讓我出生在福建泉州永春原本貧窮的家，更加窮困（因為生第二胎要罰錢），又沒有如父母之意添丁，從小，我們兩姊妹的命運坎坷，得不到太多的關愛，十六歲姐姐就外出打工，每年才回來一次，○八年我滿二十歲，當春天將替，有一天媽媽就跟我說：小琪啊，明天中午村里的姑娘們要在村長家集合，聽說台灣人要來我們村找愛人，明天妳也梳洗一下，看能不能找個好人家，能嫁去台灣是福氣啊。第二天，我們村來了十五位姑娘，台灣人來了五個男生，順利的挑選了五位，我也雀屏中選。○八年底我順利的在金門辦結婚喜宴，從此，我就像油菜花一樣灑落在無邊的海角。

要離開故鄉的前一晚，內心五味雜陳，既高興當新娘，又不捨離開父母，離開生長的地方，也不捨與我一起長大的同學——阿芬。那一晚，我先陪父母坐在客廳，爸媽要我凡事忍耐，原先，我低頭無言以對，後又想到父母年紀將老，姊姊又在外地，未來的歲月陪伴父母的只有孤獨，此時眼淚如水，心如刀割，肝腸寸斷，竟不由自主底跪了下來，欲言音已瘂；夜深之後，我陪我最要好的同學-阿芬，在她的房間，剛開始她還很羨慕我能嫁到台灣，因為對我們來說，台灣人都很有錢。後來淚眼相對，無言到天亮。

來金門的第一天晚上，窗外雨聲滴滴答，就如我的內心充滿了不安、恐懼、孤單、徬徨與無助，對我們來說，這是兩個不同的國度，在這個舉目無親的國度，一個二十歲的小女生，竟如油菜花般被隨意灑落在這個寂寞的小島，要我如「菜籽命」一樣隨風漂流，落在哪，就要在哪生存，落地生根，無法選擇，一定要向命運屈服，這是油菜花的宿命，難道這也是我的宿命？當夜，我在棉被裡哭了一晚，不安的思緒充盈腦海，天啊，幼小的心靈竟然要承受那無邊的苦痛及無知的未來，為什麼是我？為什麼要讓我遠離故鄉？遠離親友？爸媽，女兒好想您們啊。油菜花可以以自己的養分來換取春天，那我也會有春天嗎？

還好往後的日子裡，公婆待我不錯，先生原本就是一個靦腆忠厚之人，他只盡到為人夫之責，他不懂我的心，他不知道我內心的不安與無助。不久，懷了孩子，卻因為是女孩，並沒有在長輩中得到喜悅之感恩，孩子出生後一周，我仍然要如平常一樣，做好家管的工作，婆婆雖沒有冷言冷語，卻一再說隔壁張家或李家的媳婦又生了一個男丁，我們家親戚誰啊誰，也生了一個男孩；為什麼我們家又沒有做過失德的呆志（閩南語），卻沒有生男丁？無形的壓力，壓得我在這個家抬不起頭來，每次用餐我都不敢上桌跟大家一起吃飯，最後一個吃飯的人永遠都是我，似乎沒有生男孩是我的錯，我除了要承受油菜花的宿命，難道還要再添加生男孩的壓力？不是一再倡導女男平等嗎？不是說生女生男一樣好嗎？為什麼在這個世代還如此重男輕女？難道生女的是我的錯嗎？是我願意的嗎？油菜花啊，妳有這個壓力嗎？

上蒼憐我，兩年後我生了一個男孩，婆婆幫我做了一個月的月子，對我呵護有加，在婆家終於有了地位，我可以很大方的跟大家一起吃飯了。

我們住在鄉下，先生在酒廠上班，擁有自己的房子，日子還算安逸，婆婆每天最重要的事情（工作），就是拜拜，每個月祖先們的忌日、道教的各王爺誕辰、佛教的祭拜、拜門口、拜車子、拜豬舍、拜牛舍、拜水溝、拜水井、拜地基主、拜床母，逢宮必拜、逢寺必拜，每個月大大小小的拜拜少則十天，多則十八天，有些節日祭拜的供品還須是熱騰騰的，是要冒煙的，有些節日祭拜是需要二十四碗的，這樣才有誠意；在我們家鄉是無神論的，很少祭拜的，除了過年或清明節；為什麼這裡還需要不斷的去拜拜才能得到心安？真的拜得越多才能得到庇佑嗎？還說我會生兒子是因為她有去求菩薩才得來的？每次拜拜燒的金紙，數量不能比人家少，會給人家笑的。其實這一切都是為了面子，愛比較的心態在作祟。我知道金門的子民，承受了中華民族千年的儒家道統；重視顏面、好面子、愛比較、在乎鄰里的閒言閒語，大部分人都生活在為別人而活的世界裡。這是兩岸百姓生活最大的差別，或許，因為這邊的生活已無慮了，所以，才會有閒情去在乎別人怎麼說；我的娘家大家都在為了三餐打拼，哪管隔壁老王他媽要去嫁給誰？面子再大，都大不過金子啊！

屈指算來，我嫁過來已經快五年了，我也如油菜花落地生根在這個蕞爾小島，無從選擇，也向命運屈服了。但是，金門人比我們家鄉還重男輕女（大陸因制度規定，不得不接受），公婆對長男孫的寵愛，或是說溺愛了，身為孩子的母親，我卻無法管教自己的孩子，看著他越來越跋扈，不懂規矩，公婆的隔代教養嚴重影響自己孩子的教育，在金門地區的新住民（來自中國大陸、越南、印尼、菲律賓等地的女子因天命的安排而嫁到金門來，或娶金門姑娘為妻而落籍於金門者。）的比率將日益增加之際，有關單位或社福團體應就新住民在生活上、或精神上、或家庭上、或管教孩子的教育上應該提供怎樣的服務來幫助我們，讓我們能深根於這個海島，並認同金門是我們永遠的家。或許，終有一天，我們這些新住民勢必要撐起金門的一片天，屆時，媳婦熬成婆之後，新住民的思維將直接影響金門原有的禮教、道統、信仰、風俗、習俗等傳統儒家思想。所以請教我們如何擁有中國優良傳統的美德及禮教，讓我們新住民也能與本地媳婦共同撐起金門這一片天，在未來的歲月。

窗外雨聲依舊滴滴響，就如來金門第一晚，回想當年我以雙十年華嫁來金門，當時內心的煎熬、徬徨、孤獨、恐懼與不安，實非筆墨所能形容啊；初嫁之際，舉目無親，陌生環境帶來了恐懼，夜月帶來了落寞，年節帶來了思親，黃昏帶來了鄉愁，寂寞帶來了愁腸，內心的糾糾纏纏，百感交集，誰人可體會？誰人可傾訴？以尚未成熟的花樣年華，卻要嚐盡人間悲歡苦澀，午夜夢迴，自嘆真如油菜花一樣隨風漂流，灑落在這個陌生的國度，無法選擇，這是我的宿命。可油菜花以它的養分喚來了春天。我可不可以如油菜花一樣，等我付出了青春、生命與為了這個家默默付出而落地生根的決心，我可以期待屬於我的春天嗎？我所需要的春天是能得到這個家庭的關懷與被愛，有了這個春天，將會滋潤我的落寞、孤獨、不安、思親、情感、擁有與空虛的心靈。

窗外三更雨，窗內孤燈淚，寂寞萬里心，孤獨日夜長，誰憐菜籽命，飄零隨風灑，天涯路茫茫，何處是我家。來年，當油菜花開始綻放它花卉之美給路人觀賞之際，祈求上蒼憐我，請給予我關懷與被愛，不要再讓我孤獨無依，不要再讓我落寞空虛，更不要再讓我徬徨無助了，我只希望我能與油菜花一樣在犧牲奉獻之後，我能找到我的未來，我的春天！

本文榮獲金門縣第十屆浯島文學獎散文組第三名

假如我是縣長

假如我是縣長，我將照顧所有的鰥、寡、孤獨者及老人，定時定點提供醫療及每日的午、晚餐。讓出外打拼的子弟無後顧之憂。

假如我是縣長，我將把金門酒廠上市上櫃，一則把餅做大，再則讓鄉民享受更多的福祉。

假如我是縣長，我會知人善用，權力下放，各職所司，各盡其責，讓鄉民享有如香格里拉真正的幸福與安康的生活環境。

假如我是縣長，我將把金門所有的機動車改以電能為主的能源車，做到真正的無碳島，讓金門零污染，讓我們的子孫擁有優質的生長環境。

假如我是縣長，我將把金門與大嶝島做一跨海大橋，一則把水電引進，再則讓兩岸藉由這座橋引領走向和平之路，讓雙方不再對立，開創兩岸共榮。

假如我是縣長，我將把原本屬於民間的民俗慶典活動，還給民間百姓自行舉辦，縣府退居協助輔佐角色。

假如我是縣長，我將把百姓燒金紙汙染環境的陋習，逐年減少燒金紙之數量，四年後如台北行天宮與龍山寺，只燒香不燒金紙。

假如我是縣長，我將把金城東門市場及貞節牌坊周遭環境澈底改善，再將一般小吃店的用餐環境加以改善。

假如我是縣長，我將把昇恆昌（金坊）免稅店的服務精神與態度，推廣到政府各個部門及一般服務業者，提升公務人員的服務態度。

假如我是縣長，我將擇一大型舊軍營，建立以金門特有的戰地特色為主的綜合遊憩遊樂區，再擇一路段規劃具地區特色的小吃街。

假如我是縣長，我將把散落在金門各地的孤墳野塚，全部集中在靈骨塔，不再讓先人曝屍野外。

假如我是縣長，我會將水頭碼頭的聯外道路優先施工，不再讓賢厝及前水頭的居民持續承受恐懼與不安。

假如我是縣長，我將建請軍方開放擎天廳。

假如我是縣長，我將建請軍方釋出手槍及步槍子彈，讓旅客有自費行程，創造就業機會。場地就設在大、二膽。

假如我是縣長，我將針對旅客收取門票。提高觀光產業雇員的薪資。

假如我是縣長，我將把縣政府辦公室遷至金門地理中心點，以期五鄉鎮能均衡發展。

假如我是縣長，我將與大陸溝通，小三通的船票票價。

假如我是縣長，我將所有搭公車的鄉親收取每趟２元當作保險費，確保鄉親的平安。

假如我是縣長，我將與昇恆昌及台開合作，請其每家提供機場及碼頭各五百台手推車，提供者可自由發揮其廣告效能，旅客有車可用。

假如我是縣長，我將把金門所有燈泡改用ＬＥＤ，以期節省能源。

假如我是縣長，我將把金門署立醫院ＯＴ給榮總或其他教學醫院。

假如我是縣長，我將在適合的季節鼓勵民間業者引進熱氣球活動項目。

假如我是縣長，我將把大小金門所有道路以顏色來標示，讓所有來金旅客更加容易分辨方向。

假如我是縣長，我將把來金旅遊的品質等級，設定最低標準的參考價格，讓旅客有有所依據，降低旅遊糾紛。

假如我是縣長，我將投票選擇全縣所有觀光服務產業最優質、優質、一般、欠佳等級的店家及服務人員，並公佈在官方網站上。

假如我是縣長，我將提供場地給民間業者，鼓勵他們引進各種不同的夜間休閒遊憩活動項目，豐富金門的夜生活。

假如我是縣長，我將取消所謂的八百壯士。

假如我是縣長，我將把大、小金門所有的道路，或拓寬、或整修、或修飾得具有地方特色縣容。

假如我是縣長，我將與金門國家公園管理處合作，將各村莊的環境重新整頓。（不要只重視傳統建築的內裝）。

假如我是縣長，我將把觀光公車旅遊路線發包給民間旅遊業者去經營。

假如我是縣長，我將規定不是金門人，但設籍在金門者，若一年之內未住在金門一百天者，不得享有金門所有的福利。

假如我是縣長，我將與計程車所有業者商討將計程車公車化（碼頭與機場間）。

假如我是縣長，我將不再新建硬體的紀念館，不再浪費公帑。

假如我是縣長，我將不再舉辦為百姓所幹譙、或僅是為了消化預算而舉辦的小型無意義的活動，每年按春、夏、秋、冬各辦一次大型的活動。

假如我是縣長，我會貫徹百姓附予我的責任，凡事以民意為依歸，只要是對眾人有益的事，我將誓死執行到底。

假如我是縣長，我將會設兩位副縣長，一位是專門在地方上應付所有的婚喪喜慶及宗教的慶典活動的主持，一位是在縣府內協助縣長處理公務。

假如我是縣長，我將把重心放在與中央周旋，爭取地方自治及境外自由經濟貿易區及兩岸的和平實驗區。

假如我是縣長，我絕不作唯唯若若、為上命是從的縣長，既然我是百姓選出來的縣長，為百姓做事負責是我的責任，對於台北的政府我只要不做違反國家的事，我自當以民意為依歸。

假如我是縣長，我將作一個表裡如一的大家長，絕不會在選舉前對你和藹可親、哈腰似狗，選後的嘴臉又不一的縣長。

假如我是縣長，我將把中國優良道德文化深根自國小開始，也要建請金門大學能高薪聘用優質認真的教師，藉以提升教學品質。

假如我是縣長，我將與相關中央單位，如民航局、海關、移民署等單位的負責長官，為了要發展我們金門的觀光業，請所有相關單位務必加強在服務上的品質。

假如我是縣長，我將採ＢＯＴ方式讓企業界經營慈湖為一以水上活動的遊憩區。

假如我是縣長，我將廣納各個不同領域的專業賢達人士的意見，絕不會剛愎自用，自以為是，獨斷獨行，我行我素。

假如我是縣長，我將修好自己的ＥＱ，真誠善待每一個縣民。

假如我是縣長，我將把每一個縣民視之如至親、如摯友。

假如我是縣長，我將把金門建設成一個富而好禮、平安喜樂的香格里拉。

語言文學類　BG0007

油菜花的春天

作　　者／吳如明
責任編輯／陳佳怡
圖文排版／周好靜
封面設計／陳佩蓉

贊助出版／金門縣文化局
出 版 者／吳如明
法律顧問／毛國樑　律師
製作發行／秀威資訊科技股份有限公司
114台北市內湖區瑞光路76巷65號1樓
電話：+886-2-2796-3638　傳真：+886-2-2796-1377
http://www.showwe.com.tw
劃撥帳號／19563868　戶名：秀威資訊科技股份有限公司
讀者服務信箱：service@showwe.com.tw
展售門市／國家書店（松江門市）
104台北市中山區松江路209號1樓
電話：+886-2-2518-0207　傳真：+886-2-2518-0778
網路訂購／秀威網路書店：http://www.bodbooks.com.tw
國家網路書店：http://www.govbooks.com.tw
圖書經銷／紅螞蟻圖書有限公司
台北市114內湖區舊宗路2段121巷19號（紅螞蟻資訊大樓）
電話：+886-2-2795-3656　傳真：+886-2-2795-4100

2014年08月BOD一版
定價：300元

國家圖書館出版品預行編目

油菜花的春天 / 吳如明著. -- 一版. -- 金門縣金城鎮 : 吳如明出版 ; 臺北市 : 紅螞蟻圖書經銷, 2014.08
面； 公分. -- (語言文學類 ; BG0007)
BOD版
ISBN 978-957-43-1567-3 (平裝)

855 103011880

讀者回函卡

感謝您購買本書，為提升服務品質，請填妥以下資料，將讀者回函卡直接寄回或傳真本公司，收到您的寶貴意見後，我們會收藏記錄及檢討，謝謝！如您需要了解本公司最新出版書目、購書優惠或企劃活動，歡迎您上網查詢或下載相關資料：http:// www.showwe.com.tw

您購買的書名：________________________________

出生日期：________年________月________日

學歷：□高中（含）以下　□大專　□研究所（含）以上

職業：□製造業　□金融業　□資訊業　□軍警　□傳播業　□自由業

□服務業　□公務員　□教職　□學生　□家管　□其它______

購書地點：□網路書店　□實體書店　□書展　□郵購　□贈閱　□其他

您從何得知本書的消息？

□網路書店　□實體書店　□網路搜尋　□電子報　□書訊　□雜誌

□傳播媒體　□親友推薦　□網站推薦　□部落格　□其他__________

您對本書的評價：（請填代號　1.非常滿意　2.滿意　3.尚可　4.再改進）

封面設計____　版面編排____　內容____　文／譯筆____　價格____

讀完書後您覺得：

□很有收穫　□有收穫　□收穫不多　□沒收穫

對我們的建議：________________________________

____

____

____

請貼
郵票

11466
台北市內湖區瑞光路 76 巷 65 號 1 樓

秀威資訊科技股份有限公司 收

BOD 數位出版事業部

....

（請沿線對折寄回，謝謝！）

姓　　名：____________________　年齡：________　性別：□女　□男

郵遞區號：□□□□□

地　　址：____

聯絡電話：(日) ____________________ (夜) ____________________

E-mail：____